Pavillon La Croisée
1215 St-Augustin
C.P. 630
Embrun, Ontario
K0A 1W0

Nous remercions le ministère du Patrimoine canadien,
la SODEC et le Conseil des Arts du Canada
de l'aide accordée à notre programme de publication

 Patrimoine   Canadian
canadien   Heritage

SODEC
Québec

Le Conseil des Arts | The Canada Council
du Canada | for the arts
depuis 1957 | since 1957

ainsi que le Gouvernement du Québec
– Programme de crédit d'impôt
pour l'édition de livres
– Gestion SODEC.

Illustration de la couverture
et illustrations intérieures:
Bruneau Saint-Aubin

Édition électronique:
Infographie DN

DANGER

LE
PHOTOCOPILLAGE
TUE LE LIVRE

Dépôt légal: 2e trimestre 2002
Bibliothèque nationale du Canada
Bibliothèque nationale du Québec

123456789 IML 098765432

Robin et
la vallée Perdue

• Série Robin •

COLLECTION
PAPILLON

**DE LA MÊME AUTEURE
AUX ÉDITIONS PIERRE TISSEYRE**

Collection Sésame/Série Gaspar

Mes parents sont des monstres, 1997.
Grand-père est un ogre, 1998.
Grand-mère est une sorcière, 2000.
Mes cousins sont des lutins, 2002.

Collection Papillon

Le temple englouti, 1990.
Le moulin hanté, 1990.
Le fantôme du tatami, 1991.
Le retour du loup-garou, 1993.
Vent de panique, 1997.
Rude journée pour Robin, 2001.

Collection Conquêtes

Enfants de la Rébellion, 1989.
Gudrid, la voyageuse, 1991.
Meurtre à distance, 1993.
Une voix troublante, 1996.
«Le cobaye», dans le collectif de nouvelles
    de l'AEQJ *Peurs sauvages*, 1998.

Collection Safari

Le secret de Snorri, 2001.

Collection Faubourg St-Rock

L'envers de la vie, 1991.
Le cœur à l'envers, 1992.
La vie au Max, 1993.
C'est permis de rêver, 1994.
Les rendez-vous manqués, 1995.
Des mots et des poussières, 1997.
Ma prison de chair, 1999.
La clef dans la porte, en collaboration, 2000.

Adultes

Mortellement vôtre, 1995.
Œil pour œil, 1997.

Robin et
la vallée Perdue

Susanne Julien

**ÉDITIONS
PIERRE TISSEYRE**

5757, rue Cypihot, Saint-Laurent (Québec) H4S 1R3
Téléphone : (514) 334-2690 – Télécopieur : (514) 334-8395
Courriel : ed.tisseyre@erpi.com

Données de catalogage avant publication (Canada)

Julien, Susanne

Robin et la vallée Perdue

(Collection Papillon ; 85)

Pour les jeunes de 9 ans et plus.

ISBN 2-89051-824-8

I. Titre II. Collection : Collection Papillon (Éditions Pierre Tisseyre) ; 85.

PS8569.U477R62 2002 jC843'.54 C2002-940218-2
PS9569.U477R62 2002
PZ23.J84Ro 2002

1

Une balle de neige

Je déteste ça quand ils se moquent de moi. Tous mes camarades de classe se tordent de rire comme si je venais de raconter la meilleure blague au monde ! Même l'enseignant s'en mêle au lieu de les calmer. Ce n'est pas ma faute si je ne comprends rien à leur façon de vivre. J'aimerais bien les voir à ma place ; ils trouveraient cela moins amusant. Malheureusement, je ne peux même pas leur expliquer pourquoi je suis aussi différent d'eux. Top secret!

La question du professeur me paraissait pourtant toute simple et ma réponse, pas trop bête.

— À quoi allez-vous passer votre semaine de vacances d'hiver?

Je me suis empressé de lever la main.

— Je vais construire un igloo et organiser des combats de balles de neige.

La seconde suivante, tout le monde croulait de rire. Sauf monsieur Savard.

— Robin D'Amour! Vos facéties ne m'amusent pas. Si vous poursuivez dans cette voie, je me verrai dans l'obligation d'en aviser votre tante. Je me demande parfois sur quelle planète vous vivez pour raconter de telles idioties. Des balles de neige! Comme si cela existait encore de nos jours… Pourquoi pas une chasse aux dinosaures, pendant que vous y êtes?

Mes projets de vacances venaient de fondre au soleil! J'apprenais à l'instant que la neige n'existe plus en 2062. Comment aurais-je pu le deviner? Moi, je suis né en 1990 et je n'ai que douze ans, et dans mon temps, il y avait de la neige. D'accord, un bref calcul mental démontre que ça n'a pas de sens. Mais lorsqu'on a été forcé d'exécuter un saut de soixante ans dans le futur, plus rien n'a de sens. Tout cela n'arriverait pas si les savants fous qui m'ont catapulté dans l'avenir avaient inventé une machine qui recule aussi dans le temps. Eh bien, non! Ces idiots n'ont même pas pensé à la marche arrière!

Alors, me voici coincé dans un univers futuriste amputé de tout ce qu'il y a de meilleur : maintenant, finie la crème glacée, à la poubelle les chiens et les chats, adieu le ski et bonjour les clones!

Je prends donc mon air le plus repentant et je murmure :

— Je suis désolé, monsieur. Je ne le ferai plus. Pourtant, ce serait quand même bien si on pouvait encore jouer dans la neige.

— Monsieur D'Amour, réplique le professeur en fronçant les sourcils, il serait au contraire très dommageable de recevoir sur la tête de la pluie ou de la neige contaminée. Par le passé, les pluies acides ont causé beaucoup de dégâts. Ensuite, cela s'est aggravé pendant les guerres chimiques et bactériologiques. Croyez-moi, nous sommes à l'abri de bien des maladies mortelles, grâce au dôme électromagnétique qui surplombe notre ville.

Et le voilà qui repart dans ses longues et ennuyeuses explications sur le fonctionnement de ce fameux dôme, sur les conséquences de la Grande Catastrophe, sur les raisons qui ont provoqué les guerres modernes et tout le bataclan. Moi, tout ce que je désirais, c'était simplement m'amuser dans la neige! Faire un bonhomme, glisser en traîneau, laisser l'empreinte de mon corps sur un tapis blanc et froid, et même recevoir une balle de neige sur la tête. Les grandes personnes ne comprennent jamais les jeunes.

Heureusement, la cloche vient mettre un terme à mon supplice. Le cours est terminé. J'éteins l'écran de mon ordinateur (en 2062, il n'y a plus de cahiers ni de manuels scolaires). Je glisse un modulateur ionique dans ma poche. C'est une espèce de petit tube qui remplace les disques lasers et qui peut contenir des méga-millions d'informations. Sur mon modulateur, il n'y a que mes devoirs et mes leçons ; un vrai gaspillage d'espace, quoi !

Je quitte la classe en courant pour me rendre chez ma tante, Jade D'Amour. En réalité, elle n'est pas du tout ma tante et je ne m'appelle pas Robin D'Amour, mais Robin Petitpas. Si je révélais cela à mon enseignant, il me prendrait vraiment pour un fou. Comment pourrais-je lui faire comprendre que, lors de mon saut dans le temps, j'ai perdu toute ma famille ? Mon père, ma mère et ma sœur sont morts dans un incendie provoqué par la machine à voyager dans le temps. En arrivant ici, le hasard a mis sur ma route mes deux meilleurs amis d'enfance : Jade D'Amour et Alex Lejeune.

Le hic, c'est que Jade et Alex ont aujourd'hui soixante années de plus que moi et qu'ils ont l'air d'être mes grands-parents.

Le double hic, c'est que tout ce qui m'arrive est dû à des recherches ultra-secrètes dont personne ne doit entendre parler. Je suis la victime masquée de savants illuminés.

Le triple hic, c'est que, si quelqu'un apprend que je viens du passé, je serai dans de beaux draps, car on m'enverra vivre dans la vallée Perdue. Comparé à

cet endroit, le pôle Nord au mois de janvier ressemble au paradis !

Pressé de rentrer à la maison, je traverse les rues d'un pas vif. Le dôme nous protège des intempéries, mais il n'empêche pas le thermomètre d'afficher sous zéro en hiver. Il fait froid et je garde les mains enfouies dans les poches de mon manteau. Je souffle à petits coups répétés pour faire de minuscules nuages avec ma bouche. Je ne me préoccupe guère de ce qui se passe autour de moi. La première fois que je l'entends, je ne me retourne pas. La deuxième fois non plus. Ce n'est qu'au troisième « heyii » que je pivote sur moi-même. Au même instant, je reçois en plein visage… une balle de neige !

Je ne sais trop si je dois me fâcher ou me réjouir. De la neige ! De la vraie neige ! Blanche et froide, qui me gèle les joues ! J'essuie ma figure et j'aperçois une silhouette qui file se mettre à l'abri entre deux maisons. Sans perdre un instant, je pars à sa poursuite. Il faut absolument que je sache d'où me vient ce cadeau du ciel.

2

Vive le vent d'hiver !

Je l'ai perdu ! Lorsque je l'ai vu sauter dans la bouche d'égout, je l'ai imité sans hésiter. Puis je me suis mis à courir derrière lui. Je me rapprochais de plus en plus quand il a soudain bifurqué dans une canalisation à gauche et il a disparu dans l'obscurité. Il faut bien avouer que dans les anciens égouts de la ville, c'est la grande noirceur. Avec ma mini-lampe de poche, celle que Jade a attachée à mon trousseau de clés, je ne parviens pas à éclairer à plus de dix pas devant moi. Et de plus, on gèle dans ce tunnel. Je dois absolument sortir d'ici. C'est plus facile à dire qu'à faire…

Quelle idée aussi de poursuivre un inconnu dans les égouts ! Heureusement qu'ils sont inutilisés depuis très longtemps, sinon je pataugerais dans… enfin, je préfère ne pas l'imaginer. Selon mon vieil ami Alex, chacune des canalisations est numérotée. En suivant ces numéros, on peut facilement retrouver son chemin. Bon, d'accord, mais lorsque les plaques, sur lesquelles sont inscrits les chiffres, sont effacées ou arrachées, de quel côté va-t-on ?

Si seulement Alex était avec moi, il pourrait me guider. Après tout, c'est lui l'ingénieur qui a dessiné les plans de ces aqueducs souterrains. Malheureusement, la seule personne en ces lieux, à part moi, est un petit farceur, lanceur de balles de neige, qui refuse obstinément de me répondre quand je l'appelle. Je ne lui veux pourtant aucun mal. J'aimerais tant jouer dans la neige avec quelqu'un.

— Ohé ! Youhou ! Reviens, s'il te plaît ! Je suis perdu. Oh non ! La pile de ma lampe est à plat. Ce qu'il peut faire noir dans ce trou à rats! Heureusement que les rats n'existent plus depuis longtemps.

Immobile, j'attends que mes yeux s'habituent à l'obscurité. Pour passer le temps et surtout pour éviter de paniquer, je fredonne un air de Noël:

«Vive le vent! Vive le vent d'hiver!
Boule de neige et sapin blanc et tra la la la la...»

J'ai oublié les paroles. Et il fait toujours aussi noir.

Tout à coup, je sens un courant d'air glacial, comme si on avait ouvert une porte. À tâtons, je me dirige lentement vers l'origine de cette bise hivernale. Plus j'approche, plus il fait froid. Tout au fond du tunnel, une tache claire tranche sur la noirceur. De loin, cela ressemble à un tas de poussière qu'on aurait oublié de ramasser. De près, c'est... un peu de neige au pied d'une échelle qui mène à une bouche d'égout à demi ouverte.

Je grimpe en vitesse et me faufile à l'air libre. De toute évidence, je me trouve à l'extérieur du dôme, loin de la ville. Le merveilleux spectacle qui m'attend me coupe le souffle. J'en ai presque les larmes aux yeux. À l'horizon, le soleil se couche derrière une montagne. Il règne une pâle clarté orangée qui se reflète sur un tapis de neige immaculée. Fou de joie, je cours en tous sens, je me roule par terre, je lance la neige au-dessus de ma tête, je ris et je crie :

— Youpi ! Youpi ! J'ai trouvé de la neige !… Mais avoir su, j'aurais mis ma tuque et mes mitaines.

En effet, j'ai les doigts gelés, les oreilles transformées en glaçons et je n'ai même pas de bottes aux pieds. Je ne peux pas rester là, à sautiller et à grelotter. D'ailleurs, il commence à faire nuit. Et puis, j'ai la désagréable impression que quelqu'un me surveille. Ou quelque chose…

Je dois absolument retourner chez moi. Si je me fie aux petites lumières qui brillent au loin, la ville devrait se trouver par là. Les yeux fixés sur les lueurs de la ville, j'avance droit devant moi. Des flocons tombent mollement du ciel. J'espère que ça ne tournera pas en tempête. Le dos courbé, la tête rentrée dans les épaules, je marche, guidé par les seuls points lumineux dans l'obscurité.

Soudain, le sol se dérobe sous mes pieds. Je tombe dans un trou : une autre bouche d'égout béante que je n'avais pas aperçue.

— Ahhhh!...

— Oh! J'ai mal partout...

Mon corps est en compote. Péniblement, j'ouvre les yeux. À mon grand étonnement, je suis allongé sur mon lit. Jade et Alex sont penchés sur moi.

— Il reprend conscience, murmure Alex. Tant mieux! Ça veut dire qu'il n'est pas gravement blessé.

— Ça ne veut rien dire du tout! réplique Jade. Il pourrait très bien être cassé en mille morceaux et avoir toute sa tête.

— Et tous ses morceaux brisés, c'est toi qui les lui recollerais, peut-être? Espèce de sans cœur! Ce n'est pas un puzzle, mais un enfant!

— Je m'en étais rendu compte, monsieur l'alarmiste. Cesse de paniquer chaque fois que Robin s'égratigne le bout d'un doigt.

— Je ne paniquerais pas si tu t'en occupais correctement.

— Je ne peux tout de même pas le tenir en laisse, cet enfant !

Je les reconnais bien là. Jade et Alex se chamaillent tout le temps, mais ils sont les meilleurs amis du monde. Ils se connaissent depuis la maternelle et je m'étonne qu'ils ne se soient pas mariés. Ils font un beau vieux couple, même s'ils ne vivent pas ensemble. Pour éviter que leur dispute dégénère, je rétablis la vérité :

— Je ne vais pas si mal que ça ! Je n'ai rien de cassé. Si vous me racontiez plutôt comment vous avez réussi à me retrouver.

Jade hausse les épaules. La réponse lui semble tellement évidente.

— Grâce à mes talents de détective à la retraite et à ta puce, voyons !

— Ma puce ?

— Oui, explique Alex, ta puce électronique. Celle que Jade t'a implantée pour que tu puisses vivre librement à notre époque.

Je me souviens parfaitement de cette fameuse puce et de la douleur ressentie quand il a fallu la greffer sous ma peau avec une seringue. Je déteste les piqûres ! Mais sans puce, on ne peut pas vivre comme tout le monde en 2062. Elle sert à payer ce que l'on achète ; elle contient notre dossier médical et nos résultats scolaires ; elle permet de s'inscrire à des activités sportives ou d'emprunter des *livrels* à la bibliothèque. Bref, cette puce est notre passeport pour la vie.

— Lorsque je me suis aperçue de ton retard, ajoute Jade, j'ai retracé les fréquences du signal radioélectrique de ta puce. Cela m'a permis de calculer ta position exacte.

— Jade m'a appelé et, ensemble, nous sommes allés te chercher.

Pendant un bref instant, je demeure bouche bée. Je suis bien content qu'ils m'aient ramené à la maison, mais tout de même !

— Et ma vie privée, alors ! Si je comprends bien, vous pouvez toujours savoir où je me trouve ! Je ne peux jamais rien faire sans que vous le sachiez. Ah ! elle est belle, la vie moderne ! Impossible d'aller au petit coin sans se faire espionner !

Alex approuve du bonnet :

— Attends, le jour où tu travailleras, ce sera encore pire ! Tu n'auras pas de secret pour ton patron. Ni pour ta femme et encore moins pour l'impôt ! Cette puce, c'est une véritable calamité.

Jade le contredit aussitôt :

— Ce n'est pas ce que tu pensais tout à l'heure. Tu étais bien soulagé que je retrouve Robin grâce aux signaux de sa puce. Je te rappelle que, depuis l'invention de cette puce, aucun enlèvement d'enfant n'est survenu. N'est-ce pas prodigieux ?

Alex fait la sourde oreille et se tourne vers moi. Il fronce les sourcils et me demande sur un ton un peu trop paternel :

— Que fabriquais-tu si loin de la ville ? La canalisation d'égout dans laquelle nous t'avons ramassé est située à l'extérieur du dôme. Tu sais pourtant qu'il est strictement interdit de franchir les limites de notre système de protection.

— La vallée Perdue n'est pas l'endroit idéal pour jouer à la cachette, renchérit Jade, visiblement mécontente.

Je n'ai pour ma défense qu'une seule excuse et je la leur donne naïvement :

— C'est à cause de la balle de neige !

Jade et Alex échangent un regard qui veut dire : « Il est fou ! » Alors, je leur raconte l'attaque dont j'ai été la victime.

— Je ne pouvais tout de même pas me laisser bombarder sans me défendre. J'ai couru après mon agresseur pour l'attraper. Il est entré dans une bouche d'égout et je l'ai suivi jusqu'à ce que je le perde de vue. Mais je n'arrivais pas à retrouver mon chemin et, à l'endroit où je suis sorti, c'était plein de neige et...

— Et tu t'es sûrement bien amusé ! conclut Jade.

— Oh ! à peine... Je ne me rappelais pas que la neige était aussi froide.

Alex secoue la tête en souriant.

— Elle est probablement aussi froide qu'à ton époque. Par contre, à force de vivre sous le dôme, nous avons perdu l'habitude d'être exposés aux grands vents et aux tempêtes.

— Il y a pourtant des gens qui vivent là-bas, dans la vallée Perdue. Celui qui m'a lancé la balle de neige était emmitouflé de la tête aux pieds. Je n'ai pas pu voir à quoi il ressemblait. Je me demande d'ailleurs pourquoi il m'a attaqué. S'il avait voulu jouer avec moi, il m'aurait attendu. Sinon, pourquoi s'en est-il pris à moi ? Je ne lui avais rien fait à ce garçon.

L'air soucieux, Jade réfléchit à la question. En tant qu'ancienne détective, elle cherche toujours à résoudre les énigmes. Alex se montre plus débonnaire.

— Bah ! Ce n'était qu'un enfant qui s'ennuyait. Dans ma jeunesse, j'en ai lancé, des balles de neige, et je n'avais pas besoin d'une bonne raison pour cela. Ne t'en fais pas pour si peu. Repose-toi ! Moi, je retourne à la maison avant que quelqu'un ne s'inquiète de mon absence.

Alex compte parmi les rares chanceux de cette époque à avoir une grande famille. Il habite avec sa fille, le mari de celle-ci et leurs quatre rejetons. Pour l'an 2062, ils représentent un phénomène familial. Depuis maintenant une cinquantaine d'années, plus personne ne peut avoir des enfants, sauf par le clonage ; et ne se fait pas cloner qui veut ! Les parents doivent posséder des gènes parfaits.

Je reste donc seul avec Jade qui m'a préparé un délicieux repas : un ragoût de couleuvres aux pissenlits ! On mange n'importe quoi de nos jours !

3

Robin, l'espion

Qu'est-ce qu'ils ont tous contre moi aujourd'hui? Je viens à peine d'arriver dans la cour de l'école qu'ils s'en prennent à moi.

— Espèce de fauteur de troubles!
— Barbare!
— Mauvais plaisantin!
— Bagarreur!

Bagarreurs eux-mêmes! Une demi-douzaine de mes camarades de classe me bousculent et m'encerclent, furieux, prêts à m'arracher la langue et à me tirer les cheveux. Je ne sais trop comment les calmer. Du coin de l'œil, je cherche un enseignant pour me secourir. Comment se fait-il que chaque fois qu'on a besoin d'aide, on n'en trouve aucun?

— Je ne comprends rien à vos accusations. Je n'ai attaqué personne.

Le plus costaud d'entre eux m'attrape par le gilet et m'apostrophe rudement:

— Ne fais pas semblant de ne pas comprendre! Je t'ai reconnu, hier. C'est toi qui m'as lancé sur la tête cette espèce de boule blanche, froide et dure.

— Moi aussi, je t'ai reconnu!

— Moi aussi! crient en chœur tous mes assaillants.

J'ai beau me creuser la cervelle, la seule boule blanche et froide que je connaisse est une balle de neige. Alors, hier, je n'ai pas été le seul à subir une telle attaque! Malheureusement, plus je nie, moins ils me croient.

— Si ce n'est pas toi, qui est-ce?

Comment le saurais-je? Même si je leur racontais qu'il s'agit d'un garçon qui vient de l'extérieur du dôme et qui se sert des égouts pour entrer et sortir de la ville, ils ne me croiraient pas davantage. Je préfère donc garder pour moi cette information.

— Je l'ignore. Je ne m'amuse pas à vous suivre pour vous embêter. J'ai autre chose à faire dans la vie.

— Ça reste à prouver. Tu arrives on ne sait d'où, au beau milieu de l'année scolaire. Avec tes remarques bizarres et tes questions stupides, je me demande si tu n'es pas un non-conforme! Personne ne connaît tes parents. Tu habites dans un coin perdu, avec une vieille folle qui ne se mêle pas aux gens et...

Vlan! Mon poing a réagi avant que je réfléchisse et s'est écrasé contre le nez de ce grossier personnage.

— Jade n'est pas une folle!

La suite se devine facilement. Chacun défend son point de vue d'une manière un peu trop vigoureuse, je l'avoue, et ça alerte enfin un professeur. Celui-ci nous sépare et nous conduit devant le directeur. Plus les écoles changent, plus elles se ressemblent! Pour avoir troublé la paix, nous écopons tous deux d'une « réflexion » sur la non-violence et le respect d'autrui. Malheureusement, j'en suis à ma cinquième réflexion depuis le début de la semaine, et on n'est que mercredi. J'en ai reçu deux pour avoir posé des questions stupides en classe, une pour avoir été dans la lune, une pour avoir fait rire mes camarades avec une remarque bizarre, et celle-ci. Décidément, je suis un élève pourri. Un cancre, quoi !

Cette performance minable me vaut l'honneur d'écrire cette réflexion sur l'écran situé dans le corridor, à côté du bureau du directeur. Néanmoins, aujourd'hui, j'ai fait une grande découverte. Un coup de poing, ça fait mal... au poing de celui qui le donne ! J'ai les jointures en bouillie, qui m'élancent quand je tape sur le clavier.

Accroupi dans un coin sombre de la ruelle, je surveille la bouche d'égout. J'ai beaucoup réfléchi aujourd'hui. C'est le bon côté des punitions dans le corridor : ça nous laisse du temps libre, pendant lequel on n'est pas obligé d'écouter le professeur. Quoique je n'aie pu m'empêcher d'entendre, par la porte entrouverte, ce qui se disait dans le bureau du directeur. Monsieur Savard est venu lui faire part de ses inquiétudes au sujet de la santé de ses élèves. Il se demandait s'il ne valait pas mieux envoyer à la clinique médicale ceux qui ont été en contact avec les balles de neige. Il paniquait à la seule pensée des bactéries contenues dans la terrible neige polluée qui tombe à l'extérieur de la ville.

À mon avis, il s'énerve pour rien. Si cette neige était réellement contaminée, ceux qui refusent de vivre à l'intérieur du dôme ne survivraient pas. Ces non-conformes, comme on les appelle, habitent la vallée Perdue durant toute l'année, malgré la pluie, la neige et les insectes.

La conversation entre mon professeur et le directeur m'a cependant donné une idée : tenter une expérience scientifique pour découvrir le mode de vie des non-conformes. Je vais devenir le premier explorateur de cette contrée sauvage.

Toujours dans mon petit coin sombre, je me tiens prêt à établir le premier contact avec un indigène de la vallée Perdue. Je porte sur moi l'équipement du parfait petit explorateur : de la gomme à mâcher et des bonbons pour faire ami-ami, un calepin électronique pour prendre des notes, une enregistreuse ainsi qu'un appareil photo numérique pour garder des preuves de ma rencontre et une super-lampe de poche capable d'éclairer jusqu'à la lune. De plus, je suis habillé pour affronter un froid sibérien.

Ouf! ce que j'ai chaud avec mes deux foulards, mon chapeau en similifourrure et mes mitaines doublées. J'attends déjà depuis presque une heure sans qu'aucun non-conforme, lanceur de balles de neige, ne soit sorti de l'égout. Pour passer le temps, je dessine des monstres sur mon calepin électronique et je mange la moitié de mes provisions. Si personne ne pointe son nez hors du trou d'ici cinq minutes, je retourne chez moi. Je passe peut-être pour un hurluberlu dans ma classe, mais je ne suis pas fou au point de perdre toute ma soirée à attendre le yéti au fond d'une ruelle.

Oh! j'entends un bruit. Le métal de la plaque bouchant l'égout grince contre le sol asphalté. Une petite silhouette émerge de l'ouverture et se faufile à pas de loup vers la rue. Qu'est-ce que je dois faire? Suivre cet inconnu? Lui sauter dessus et l'attraper ? Ou lui dire : « Attendez, monsieur, j'ai une question à vous poser » ? Comment agirait un véritable explorateur à ma place ? Je l'ignore, mais pendant que j'hésite, mon non-conforme s'éloigne de moi, sans même s'être aperçu de ma présence. Si je ne réagis pas tout de suite, je vais le perdre de vue.

Les yeux rivés sur lui, je quitte ma cachette. Il traverse la rue, non, il s'arrête au beau milieu de la rue. Grâce à la lumière des réverbères, je vois qu'il sort quelque chose d'un sac qu'il porte en bandoulière. Une balle de neige ! Il va encore passer à l'attaque. Les pauvres passants qui approchent ne se doutent de rien. Il lève le bras et lance avec autant de précision qu'un joueur de baseball. J'aimerais bien jouer dans son équipe.

Sans se soucier des hurlements que soulèvent ses lancers, il poursuit méthodiquement son assaut. Mais il ne devrait pas rester planté là, surtout qu'une voiture arrive derrière lui. C'est à croire qu'il ne l'entend pas.

— Attention ! Tu vas te faire écraser !

Il ne se retourne pas, comme si je n'avais rien crié. L'auto approche à grande vitesse, klaxonne, freine à la dernière minute. Moi, je bondis en avant. Dans mon élan, j'agrippe mon inconnu par la taille et je le plaque au sol. La voiture passe au-dessus de nous et s'arrête un peu plus loin. Heureusement que les véhicules d'aujourd'hui sont des aéroglisseurs qui se déplacent sur un coussin d'air. On s'en sort indemnes, mais entourés d'un nuage de poussière.

Le non-conforme se relève vivement. Il a perdu toutes ses munitions qui se sont éparpillées sur le sol. Sans dire un mot (il aurait pu me remercier tout de même), il fonce dans la ruelle. Cette fois, il est hors de question qu'il m'échappe. Je cours aussi vite que lui, sinon davantage. Avant qu'il ne réintègre son terrier, je m'empresse de lui bloquer le chemin. Les bras grands ouverts, j'en garde l'entrée comme si c'était un filet de soccer. Il ne passera pas, comptez sur moi !

Il tente de se glisser par la gauche, puis fait une feinte à droite. Il ne sait pas à qui il a affaire : le champion gardien de but de soccer du parc Les Tourterelles ! Au moment où il essaie de se faufiler entre mes jambes, je le saisis par

le fond de culotte. Il se débat ; je le tiens plus fort. Il se trémousse, se tortille, frétille en tous sens ; je m'assois carrément dessus. J'en ai vu des plus coriaces que lui.

— Arrête de gigoter comme un poisson hors de l'eau ! Je ne te veux aucun mal. Ça ne me dérange pas que tu lances des balles de neige, au contraire. Si tu veux, on pourrait devenir des amis et s'amuser ensemble. Veux-tu une gomme ? Un bonbon ? Allez, réponds !

Il reste muet comme une carpe. Peu à peu, il cesse de bouger. J'en profite pour allumer ma lampe de poche et voir à quoi il ressemble. Mince ! C'est une fille.

Elle me fait une grimace et demeure silencieuse. Avec des gestes lents, je lui parle doucement, comme si j'essayais d'apprivoiser un animal sauvage. Il faut dire qu'elle ressemble à une vraie sauvageonne. Son visage est sale, ses cheveux noirs emmêlés et ses vêtements déchirés. Ses yeux sont bridés comme ceux des Chinois ou des Japonais.

Elle a peut-être faim. Je lui tends une barre de fruits séchés que je gardais pour ma collation. Surprise, elle hésite un long moment, puis elle me l'arrache des mains et l'avale goulûment. C'est une vraie goinfre, cette fille !

— Comment t'appelles-tu ? Moi, c'est Robin.

Elle ne répond pas. Voilà qui m'embête un peu. Comment peut-on devenir copain avec quelqu'un qui refuse de communiquer ?

— Allez, ne sois pas gênée ! Dis-moi ton nom ! Pour te prouver que je ne te veux aucun mal, je vais te lâcher, mais, s'il te plaît, ne te sauve pas.

Je me relève et elle recule vivement en rampant. Je m'assois par terre, les jambes croisées à l'indienne, et je continue de faire la conversation à moi tout seul.

— Écoute, je sais que tu viens de la vallée Perdue et ça ne me dérange pas. Je n'irai pas te dénoncer. Moi aussi, je suis un non-conforme, d'une certaine manière. Je n'appartiens pas à ce monde, mais je n'ai plus d'autre endroit pour vivre. Toi, pourquoi habites-tu à l'extérieur du dôme ? Ce sont tes parents qui te forcent à rester là-bas ?

Elle ne dit pas un mot. Elle se contente de froncer les sourcils. J'ai l'impression qu'elle cherche à comprendre ce que je lui raconte. Elle ne connaît peut-être pas le français.

— Toi parler… euh… *english*? chinois? japonais?… euh… espagnol? Est-ce que je sais, moi? Fais un effort, ouvre la bouche, baragouine quelque chose, n'importe quoi!

Elle penche la tête d'un côté et m'observe avec attention. Puis elle bouge ses doigts dans les airs, très rapidement. Je me rends soudainement compte qu'elle essaie de communiquer en langage sourd-muet.

— Mince alors! Tu es sourde. C'est pour cela que tu n'as pas entendu la voiture ni mes cris.

Elle gesticule longuement sans que je parvienne à traduire sa pensée. Cependant, elle me sourit et ne semble plus me craindre. Je lui offre mes derniers bonbons qu'elle glisse dans sa poche. Ensuite, elle me salue d'un mouvement de la tête et saute dans la bouche d'égout. Je reste là, immobile, jusqu'à ce que je me rappelle que je désirais la photographier.

— Hé! Reviens! Juste pour une petite photo!

Trop tard, elle est déjà loin. Et puis, comment pourrait-elle m'entendre ?

À la bibliothèque municipale, il existe peu d'informations sur les sourds-muets, et encore moins sur leur langage par signes. Quand je demande à la bibliothécaire de m'aider, elle ne cache pas sa surprise.

— Le langage des sourds ? À quoi cela va-t-il bien pouvoir te servir ? Les dernières personnes atteintes de cette tare génétique sont mortes depuis longtemps ou vivent dans des hospices pour gens âgés.

— Comment cela ? Il n'y a plus de sourds de nos jours ?

— Tu sais bien que non, mon petit. On ne clone que des gens exempts de toutes malformations génétiques. Ainsi, notre société a fait disparaître les aveugles, les handicapés physiques et mentaux, les nains et tous ceux qui n'étaient pas normaux.

Je déteste son discours. Selon elle, qu'est-ce qu'un être normal ? Si je coule toutes mes matières à l'école, je suis un taré et alors je ne devrais pas exister ? Faut-il être un super-athlète, un génie ou un musicien doué pour avoir le droit de respirer de nos jours ? Mes chances de réussite dans la vie m'apparaissent de plus en plus minces. Néanmoins, je m'efforce de sourire et je dis :

— Je fais une recherche pour un travail en classe. Je veux comparer les différentes formes de langage à travers les âges.

— Ah ! Bien, c'est très bien. Je te félicite pour le choix de ton sujet. J'ai aussi quelque chose sur le braille, si cela peut t'être utile. Suis-moi, je vais te montrer.

Elle m'entraîne tout au fond de la bibliothèque, vers la section protégée par un mur vitré. Sur un petit clavier fixé au mur, elle appuie sur quelques touches et actionne le mécanisme qui déverrouille la porte. Avant de pousser le panneau transparent, elle me prévient :

— Les livres qui sont enfermés ici datent de plus de cinquante ans. Contrairement à ce que tu trouves dans la section des jeunes, ils ne sont pas sous forme de disques lasers ou de modulateurs ioniques. Non, c'est du vrai papier. Alors, tu dois en prendre grand soin à cause de la fragilité de toutes ces vieilles feuilles. Mets d'abord ces petits gants blancs pour éviter que la transpiration de tes mains ne les salissent. Ensuite, tu ne pourras consulter les livres que dans cette pièce spécialement isolée, à l'abri de toute poussière et de tout champignon microscopique.

Bouche bée, je hoche la tête pour signifier que j'ai compris. Lire un livre n'exigeait pas autant de chichis dans mon temps. Enfin, puisqu'il le faut! J'enfile les gants et j'entre derrière elle.

— Ne bouge pas! Ce rayon stérilisateur va te désinfecter de tout microbe ou de toute bactérie que tu traînes sur toi.

Une lumière vive s'allume au-dessus de ma tête et un bourdonnement résonne à mes oreilles. Si je souris, est-ce que je vais avoir droit à un blanchiment de dents en prime? Cela dure au moins dix longues secondes. Je n'aurais jamais cru être aussi infesté de *bibites* microscopiques.

— Bien, maintenant, allons consulter le fichier ! dit la brave dame en s'approchant d'un écran fixé à même le mur.

Du bout des doigts, elle effleure les icônes qui apparaissent et disparaissent rapidement. Sous mes yeux, je vois défiler des titres et des noms d'auteurs. Seul, je ne m'y serais jamais retrouvé.

— Voilà ce que nous recherchons ! Par ici, mon petit !

Elle pivote sur ses talons et se dirige sans hésitation vers la troisième rangée, cinquième tablette, douzième livre à droite. Avec la plus grande délicatesse, elle le soulève, l'examine avec admiration et tendresse.

— Quelle pure merveille ! Il ne s'en fabrique plus de nos jours ! Sens-moi le cuir de cette couverture. Regarde les lettres gravées sur le dos, la tranche dorée et la tranchefile en soie rouge. Un véritable bijou !

On dirait qu'elle a les yeux pleins de larmes. Serait-elle nostalgique ? Enfin, quelqu'un qui croit que tout n'était pas pourri dans mon temps ! En l'espace d'une seconde, elle chasse cet excès de sentimentalité et reprend son attitude raide et sèche.

— Par ici, petit!

Encore! J'ai horreur qu'on me traite de « petit » ! Je la suis néanmoins jusqu'à une table où elle dépose le précieux livre.

— Assieds-toi! m'ordonne-t-elle. Tu peux prendre des notes sur ton calepin électronique, mais défense absolue de photocopier le livre. Cela abîmerait le papier. Ah oui! Tu es sous surveillance. Grâce à l'œil magique placé au-dessus de toi, je peux voir tous tes mouvements de mon bureau. Alors, manipule cette antiquité correctement. Compris?

— Oui, oui, je ferai attention. Promis.

Je m'assois en douceur et, pour lui prouver mes bonnes intentions, je tourne les pages avec la plus grande minutie. Elle me surveille pendant quelques secondes et quitte enfin la pièce. Je pousse un grand soupir de soulagement. Elle me prend pour qui? J'ai grandi avec des livres, j'avais des manuels scolaires à l'école et des romans dans ma chambre. D'accord, il m'arrivait parfois de les échapper ou de les tacher quand je mangeais de la crème glacée au chocolat en lisant, mais... je connais ça, les livres.

Après avoir consulté la table des matières, je le feuillette jusqu'à la page cinquante-sept. C'est le début du chapitre expliquant les différents langages à l'usage des sourds. Oh non! Il y en a plusieurs. Je ne vais quand même pas tous les apprendre par cœur. Et je ne peux pas non plus faire de photocopies. Allons, Robin, courage! Il faut que je recopie tout cela sur mon calepin électronique. Mais comment vais-je recopier les dessins des signes faits dans les airs avec les doigts?

Je suis sur le point d'abandonner lorsque j'ai soudain une idée. Je me penche au-dessus du livre, comme si sa lecture m'absorbait complètement. Je glisse une main dans la poche intérieure de mon manteau et j'en sors l'appareil photo digital miniature dont Jade se servait quand elle était détective. Étant donné qu'elle n'en a plus besoin, elle me le prête souvent. Jade dit d'ailleurs que je suis un excellent photographe.

Clic! Clic! Clic! L'une après l'autre, je prends des clichés de toutes les pages qui m'intéressent. Évidemment, je n'utilise pas le flash, ce qui alerterait la gardienne de ces lieux. Je replace lentement l'appareil dans ma poche et je ferme délicatement le livre.

Ni vu ni connu! Je suis le meilleur espion en ville!

4

Toute une frousse

Quel horrible cauchemar ! J'en suis encore tout bouleversé. J'avais beau écouter, tendre l'oreille, chercher à déceler le moindre bruit : rien ! Je n'entendais strictement rien. Comme lorsqu'on ferme le son du téléviseur et qu'on regarde les images en mouvement, les lèvres qui remuent dans le vide, les personnages qui s'animent dans le silence le plus total.

Trois chiens, des dobermans, sont apparus derrière moi. Je ne sais s'ils se trouvaient là depuis longtemps, car je ne me suis rendu compte de leur présence qu'au moment où ils sont entrés dans mon champ de vision. J'ai sursauté, car ils m'ont fait peur. Ils devaient grogner, puisque leurs babines étaient retroussées, mais je ne les entendais pas.

J'ai ouvert la bouche pour crier à l'aide. Je m'égosillais sans percevoir le son de ma propre voix. À mes oreilles, mes cris s'éteignaient avant même de résonner. Je courais et le bruit de mes pas ne me parvenait pas. J'avais l'étrange impression que je n'existais pas. Comment peut-on être quelqu'un si on ne laisse aucune trace sonore sur son passage? Mes coups de poing sur les portes pour qu'on m'ouvre et que je puisse me sauver des molosses ne provoquaient ni tapage ni écho.

Je ne réagissais qu'aux lumières et à la vue des bêtes, des hommes et des choses qui m'entouraient. Néanmoins, aucun bruit ne leur correspondait ni n'attestait de leur réalité. J'étais sourd, complètement sourd! Quelle horreur!

Je me suis réveillé, tout en sueur, juste avant que les chiens me réduisent en pâtée pour toutous. Ma première réaction a été de crier. Je me suis entendu, Jade aussi! Elle est accourue en me demandant si je m'étais assis sur une poignée de punaises pour hurler d'une façon aussi déchaînée.

— Non, non, j'ai juste fait un mauvais rêve.

Elle s'est assise sur mon lit et m'a caressé les cheveux.

— C'est fini maintenant, tu es bien réveillé. J'ignore quel danger t'a autant apeuré, mais chez moi, tu ne risques rien.

J'ai hoché la tête. Moi, je vais bien. Ma petite non-conforme, elle, vit dans un silence constant et ça me trouble.

— Dis-moi, Jade, est-ce vrai que, de nos jours, on ne clone que des gens parfaits?

— Oui, de parfaits bons à rien, de parfaits sans-cœur et de parfaits imbéciles.

J'ai souri. Jade trouve toujours le mot juste pour me réconforter. Elle a raison; selon moi, ma classe est remplie de parfaits idiots qui ne savent que rire de moi.

— Dans ce cas, comment se fait-il que j'ai rencontré une sourde?

Jade a semblé surprise et m'a demandé:

— Quel âge avait-elle? Plus de cinquante, cinquante-cinq ans?

— Non, onze ou douze ans, comme moi.

— Elle était vraiment sourde?

— Oui, elle a essayé de communiquer avec moi par signes. Je crois qu'elle est une non-conforme. C'est elle qui s'amuse à lancer des balles de neige sur tous les gens qu'elle rencontre.

— Misère! s'est exclamée Jade. Se pourrait-il que...? Ce serait trop abominable.

Elle s'est levée d'un bond et a quitté ma chambre, sans plus d'explication. J'ai voulu la rejoindre pour la questionner, mais elle s'est enfermée dans son bureau. Je l'imagine, installée devant son ordinateur, cherchant des informations sur ce que je viens de lui apprendre. Dans ce domaine, c'est une vraie spécialiste puisqu'elle a passé plus de trente ans à pourchasser des fraudeurs sur Internet.

Pendant que Jade travaille, j'étudie la dactylologie. C'est une espèce d'alphabet pour sourds-muets. Chaque lettre correspond à un signe fait avec les doigts. La prochaine fois que je rencontrerai la non-conforme, je pourrai discuter avec elle. J'ai déjà appris à signer mon nom : R-O-B-I-N. Du moins, avec mes doigts !

Après la classe, je me suis réinstallé dans mon petit coin sombre, non loin de la bouche d'égout. J'attends ma future amie, car j'ai décidé que, tous les deux, on serait copains. Les minutes passent, le soleil est couché depuis un certain temps, mais je suis patient.

En les entendant arriver, je marmonne :

« Oh non ! Pas eux ! »

Malheureusement, les deux garçons les plus costauds de ma classe se présentent à l'entrée de la ruelle. Je me recroqueville dans mon coin. Je n'ai aucune envie de leur parler. Ils discutent à mi-voix :

— C'est ici, sur le trottoir, que j'ai reçu la balle en plein front. Elle était si froide qu'elle m'a presque gelé le cerveau.

Pour ce qu'il possède à titre de cervelle, ce n'est pas un bien grand mal.

— Moi, j'étais de l'autre côté de la rue et j'en ai reçu deux, dans le dos.

— Si je mets la main au collet de celui qui m'a attaqué, il va passer un mauvais quart d'heure.

— Crois-tu vraiment que c'est le nouveau?

— Oui, ce Robin D'Amour ne me dit rien qui vaille. Il est étrange avec ses questions et ses remarques idiotes. Il faut s'en méfier. Viens, on va fouiller la ruelle. On trouvera peut-être des preuves que c'est lui.

Si je pouvais me cacher dans un trou de souris, je le ferais volontiers. Malheureusement, de nos jours, les souris ont toutes été exterminées et leurs trous sont bouchés depuis longtemps. Alors, je me fais tout petit derrière quelques poubelles et je croise les doigts en espérant qu'ils n'ont pas apporté une lampe de poche avec eux.

Mes souhaits ne se réalisent jamais! Un puissant rayon lumineux éclaire la

ruelle. Ils ont pensé à tout, ces deux fiers-
à-bras. Néanmoins, ils n'ont pas l'air si
braves que ça. Ils avancent en hésitant
et en regardant fréquemment par-dessus
leur épaule. Si je parvenais à les effrayer,
ils partiraient sûrement. Je pourrais
imiter le cri de certains animaux. Je suis
un expert dans ce domaine. Je commence par le hululement du hibou. Mes
mains cachant à moitié ma bouche, je
lance un « hou-hou-hou » drôlement
chouette.

51

— Tu as entendu! Qu'est-ce que c'est?

— Je ne sais pas. Peut-être un oiseau, sauf qu'il ne devrait pas y en avoir sous le dôme. J'espère qu'il n'est pas dangereux.

Devant cette demi-réussite, je poursuis avec le grognement d'un chien. Le faisceau lumineux est agité d'un léger tremblement. Je continue de plus belle avec le hurlement d'un loup et j'en rajoute en rugissant comme un lion. Là, l'effet est stupéfiant.

— Ahh! Au secours, il y a quelque chose dans la ruelle!

— Ahh! C'est énorme. Ça va nous manger.

Ils filent sans se retourner. Leur frayeur m'amuse, mais ils risquent d'ameuter tout le voisinage avec leurs cris. Dans quelques minutes, je pourrais voir débarquer l'escouade anti-émeute au grand complet pour chasser la bête monstrueuse qui se terre derrière une poubelle. Je ne peux pas rester ici ni m'éloigner non plus. Ma future copine s'en vient peut-être et elle se fera pincer par les policiers qui ne se montrent pas tendres avec les gens de son monde.

Pour la prévenir du danger qu'elle court, je me glisse dans l'égout dont je referme minutieusement le couvercle. Je m'assois par terre et j'attends dans l'obscurité. Au bout de quelques minutes, je perçois de l'agitation au-dessus de moi. Exactement comme je le prévoyais! Ces deux petits futés ont alerté les policiers. Je me tiens sur le qui-vive, prêt à m'enfuir dans la canalisation si quelqu'un déplace le couvercle. J'ai les yeux rivés dessus, épiant les lueurs des torches électriques et les paroles qui me parviennent déformées grâce aux trous d'aération dans le couvercle.

Soudain, je tressaille violemment, une main s'est posée sur mon bras. Une petite main, froide et amicale. Elle glisse jusqu'à mon épaule et rejoint ma bouche. Elle me fait signe de garder le silence. Je hoche la tête pour signifier que j'ai compris. Elle me prend par la manche et me guide dans le tunnel. Comment peut-elle s'y retrouver? On ne voit rien, il fait noir comme dans la gueule d'un loup. Quand je juge que nous nous sommes assez éloignés de la bouche d'égout, j'allume ma lampe de poche.

C'est bien elle, ma petite non-conforme. Elle sourit et me fait des signes, trop rapidement pour que je la comprenne. Alors, j'éclaire ma main et j'épelle en langage sourd-muet :

« M-O-I R-O-B-I-N T-O-I... »

Son sourire devient plus éclatant. Elle me répond en épelant avec ses doigts :

« M-I-M-I »

Nous avons réussi à communiquer. N'est-ce pas extraordinaire ? Pour moi, elle devient une amie ou, à tout le moins, une connaissance. Je ris, heureux d'avoir trouvé le moyen de me faire comprendre d'elle. J'ai tant de questions à lui poser. Mais elle ne m'en laisse pas le temps. D'un geste de la main, elle me fait signe de la suivre. J'obéis, car je brûle d'en savoir davantage à son sujet.

5

Première visite
de la vallée Perdue

Avec Mimi, je n'éprouve aucune peur. Mais cela ne m'empêche pas de me montrer prudent. À l'aide d'une craie fluorescente, emportée exprès pour cela, je marque les parois du tunnel. Ça me permettra de retrouver mon chemin au retour. Je me trouve dans un véritable dédale de canalisations qui circulent dans toutes les directions.

À la sortie de l'égout, dans la vallée Perdue, la lueur de la pleine lune nous accueille. Mimi ne s'attarde pas à l'admirer et m'emmène plutôt dans un boisé. J'y découvre une petite clairière où la neige est bien tapée. J'en déduis que c'est un lieu de rassemblement très utilisé. Pour l'instant, Mimi et moi sommes seuls. Nous nous assoyons sur un banc de neige durcie.

Elle tente de communiquer avec moi au moyen de signes que je ne comprends absolument pas. De plus, elle accompagne ses gestes de mimiques rigolotes. Elle ressemble à un mime qui utiliserait un code secret. J'en reste bouche bée. Elle se rend vite compte que j'y perds mon français. Alors, elle se remet à signer chaque lettre. Ce que c'est long!

Imaginez un peu qu'au lieu de dire un mot, on épellerait les lettres l'une après l'autre. Nos conversations dureraient une éternité. É-t-e-r-n-e-l-l-e-m-e-n-t n'en finirait plus de s'éterniser! Non, vraiment, cette méthode m'apparaît de moins en moins pratique, surtout que toutes les lettres s'entremêlent dans ma tête. Je soupire de découragement; elle aussi.

Elle se montre pourtant d'une patience exemplaire avec moi et je fais de gros efforts pour la comprendre. Tout à coup, une lumière s'allume dans mon cerveau. Je m'aperçois que, chaque fois que Mimi épelle un mot, elle le fait suivre d'un signe particulier. Ainsi les lettres de « maison » deviennent un toit pointu dessiné avec ses mains, celles de « soir » sont remplacées par un mouvement de la main droite qui s'abaisse sur la main gauche. Elle m'enseigne un nouveau langage plus rapide à utiliser. Je sens néanmoins qu'il me faudra encore beaucoup de temps pour le maîtriser. Patiemment, je répète après elle chacun des gestes.

Je suis tellement emballé et captivé par cet enseignement que j'oublie même de lui poser des questions sur sa vie dans la vallée Perdue. De toute façon, je me reprendrai plus tard, lorsque je communiquerai mieux en langage signé.

Soudain, elle se lève d'un bond, comme si elle avait entendu un coup de tonnerre, ce qui dans son cas est impossible. Elle jette un regard inquiet au bracelet qu'elle porte au poignet. Il est fait d'un métal noir très luisant et agrémenté de plusieurs voyants lumineux de toutes les couleurs. En ce moment, un clignotant mauve s'allume. Je pose mes doigts sur son bracelet et je ressens une légère vibration, celle qui a fait réagir aussi fortement mon amie.

Elle me repousse et me signale clairement que je dois partir. Je commence par refuser, mais elle se met à paniquer et insiste tellement que je consens à m'éloigner. J'aimerais pourtant savoir ce qui l'effraie autant. Lorsque je me trouve hors de sa vue, je reviens sur mes pas en me cachant derrière les arbres. Je l'aperçois qui se faufile dans la forêt, en personne habituée des lieux.

Sans qu'elle s'en aperçoive, je la suis jusqu'à la fin du bois. Je me dissimule sous un sapin tandis qu'elle marche en terrain découvert. Je vois devant elle des maisons étranges, une grande et plusieurs petites, à demi enfouies dans le sol. Percées dans les toits, des fenêtres laissent passer la lumière de l'intérieur. Des gens sortent des petites maisons. Seulement des enfants ! Tous se dirigent vers l'unique grande demeure devant laquelle ils se placent en file indienne et entrent l'un après l'autre, sans se bousculer ni se hâter. Je remarque que certains se font discrètement des signes. Ils donnent l'impression de chuchoter en langage sourd-muet. Des adultes se montrent enfin à l'entrée de la grande bâtisse et incitent les enfants à se dépêcher.

Mimi irait-elle à l'école de nuit? Ses enseignants n'ont pas l'air de rigoler souvent. J'ai rarement vu des visages aussi rébarbatifs. Les enfants baissent la tête en passant devant eux. Les enseignants poussent ceux qui n'avancent pas assez vite ou qu'ils surprennent à parler. À la place de ces élèves, je me plaindrais de ce mauvais traitement auprès de mes parents.

Lorsque la porte se referme sur le dernier enfant, je m'approche en catimini pour fouiner par les fenêtres. Je n'ai pas besoin de grimper pour les atteindre, car le toit étant en pente jusqu'au sol, les fenêtres les plus basses se trouvent à ma hauteur. Je colle mon nez à la vitre. Ce que je vois m'étonne beaucoup.

Mais quelle sorte d'école est-ce donc là? Que peut-on bien apprendre de cette manière? Les élèves n'ont ni cahiers, ni ordinateur, ni pupitre. Ils se tiennent debout, en rangs d'oignons, le long de grandes tables. Devant eux, dans plusieurs paniers, sont classées différentes pièces minuscules qu'ils doivent placer à l'aide d'une pincette sur des plaques. Chaque pièce est ensuite fixée par un rayon lumineux. Les enfants doivent travailler vite et bien, sinon les enseignants, ou plutôt les surveillants, semblent venir les enguirlander et les secouer pour qu'ils accélèrent le rythme.

Je cherche des yeux mon amie. Je la remarque enfin, à la dernière table. Comme les autres, elle travaille, mais lorsque les surveillants ont le dos tourné, elle leur fait des grimaces. Je dois avouer qu'elle a du caractère. Moi aussi, ça me déplairait d'être obligé de faire une telle besogne. D'ailleurs, l'endroit ressemble plus à une prison qu'à un lieu de travail ou à une école.

Je me sens complètement déboussolé par ce que j'ai découvert. Je ne sais trop comment interpréter ce travail étrange. J'aimerais aider Mimi, mais de quelle manière lui serais-je le plus utile? Je devrais peut-être en discuter avec Jade et Alex; eux sauraient me conseiller correctement.

Au moment où je m'apprête à quitter mon poste d'observation, j'entrevois un léger remue-ménage au centre de la salle. Je me déplace vers une autre fenêtre pour mieux épier ce qui se passe. Plusieurs enfants, aussi curieux que moi, se sont attroupés autour de quelque chose. Les surveillants arrivent derrière eux et les dispersent en pointant vers les jeunes une télécommande semblable à celle utilisée pour changer les postes d'un téléviseur. J'entends des cris et je vois leurs visages se tordre de douleur. Ils s'éloignent à toute vitesse et retournent à leur place. Maintenant, je peux clairement examiner ce qu'ils me cachaient : un adolescent étendu sur le sol, en proie à des spasmes ou des tremblements anormaux. Aucun adulte ne lui vient en aide. Ils se contentent d'empêcher les autres enfants de quitter leur travail. De longues minutes s'écoulent ainsi.

Soudain, derrière moi, au bout du chemin, des lumières de phares annoncent l'arrivée d'une voiture. Je cours me cacher de l'autre côté de la bâtisse. Le véhicule s'arrête devant l'entrée et je me rends compte qu'il s'agit plutôt d'une ambulance. Enfin, ils se décident à porter secours à ce pauvre garçon !

Je distingue mal le visage de l'homme qui descend de l'ambulance, mais ce doit être quelqu'un d'important. Le portier qui lui a ouvert l'a salué respectueusement.

— Bonjour, monsieur le professeur! Nous sommes désolés de vous avoir dérangé. Malheureusement, le garçon est en proie à une nouvelle crise. Nous avons suivi vos ordres à la lettre. Personne ne l'a déplacé ni touché.

— Parfait! Conduisez-moi à lui! Je vais lui administrer un...

Je perds le reste de la phrase quand ils referment la porte derrière eux. J'ai tout de même la désagréable impression de connaître cette voix. Je reviens en vitesse me coller le nez à la fenêtre. Le nouveau venu est déjà penché sur le garçon malade et je ne peux pas voir son visage. Cependant, l'épaisse chevelure grise de cet homme me semble de plus en plus familière. Pendant que je tente de me souvenir de ce personnage, des surveillants déposent l'enfant sur une civière et poussent celle-ci vers la sortie. L'homme lève alors la tête et je le reconnais aussitôt : le professeur Béhat! Le savant fou qui a inventé la machine à voyager dans le temps. Si je me retrouve aujourd'hui coincé dans le futur, c'est sa faute !

Il sort de la bâtisse et, tandis qu'un surveillant et le portier placent la civière dans l'ambulance, il donne ses ordres :

— Gardez l'œil ouvert ! Au moindre changement dans l'attitude des autres enfants, tenez-moi informé. J'emmène celui-ci au laboratoire pour lui faire passer toute une série de tests. Il ne reviendra pas tout de suite. Enfin... s'il revient.

Le surveillant et le portier réintègrent leur poste et le professeur prend le volant de l'ambulance. Juste avant qu'il ne démarre, je saute sur le marchepied à l'arrière du véhicule et je m'accroche à la poignée. L'ambulance file à toute allure et soulève un tourbillon de neige poudreuse. Lorsqu'elle stoppe, je jette un coup d'œil à l'obstacle qui se dresse devant nous : le dôme électromagnétique. Il ressemble à une vitre épaisse, parcourue de rayons lumineux de différentes couleurs qui me rappellent une aurore boréale. Quel tableau ! Mais surtout, quel mur infranchissable ! On ne pourra jamais le traverser. Tout à coup, une

ouverture en forme d'arche troue la paroi du dôme. Le véhicule passe et le mur se referme subitement derrière nous.

Ici, aucune neige n'encombre les rues et les terrains. Je ne connais pas très bien ce secteur de la ville, mais, après plusieurs coins de rue, je m'aperçois qu'on se dirige vers le quartier où je suis né. Quand l'ambulance s'arrête à un feu rouge, à l'intersection de l'avenue du Pont et du boulevard de la Montagne, je saute par terre et cours me cacher entre deux maisons. Le feu passe au vert et l'ambulance redémarre. Quelques centaines de mètres plus loin, elle se stationne devant la cause de tous mes problèmes : le laboratoire secret de l'OMPPSST.

Je dois absolument prévenir Jade et Alex que le professeur Béhat trame encore quelque chose de louche.

Jade affiche un visage courroucé.

— Je t'avais pourtant prévenu qu'il est interdit d'aller dans la vallée Perdue.

Alex, de son côté, se montre perplexe.

— Qu'est-ce qu'on pourrait bien faire pour venir en aide à ces petits ? Ce n'est pas humain de les obliger à travailler ainsi.

— Je te rappelle que ce sont des non-conformes et que ça ne nous regarde pas, réplique Jade.

— Au contraire, le sort de l'humanité concerne tout le monde.

Et les voilà repartis ! Jade a toujours prôné la loi et l'ordre établi, tandis qu'Alex veut tout révolutionner. Mais ils parviennent habituellement à trouver le juste milieu. Sauf qu'aujourd'hui, je n'ai pas envie d'attendre qu'ils se mettent d'accord.

— Ça suffit ! En voilà assez de vos chamailleries ! Pour une fois, soyez logiques ! Mon premier concerne des enfants sourds-muets qui vivent dans la vallée Perdue, alors que toutes les infirmités sont supposées avoir été éliminées de ce monde. Mon deuxième est qu'on les entasse dans une grande bâtisse pour les faire travailler. Mon troisième : le professeur Béhat s'occupe personnellement des malades. Mon tout ressemble à une histoire pas trop honnête. Ne trouvez-vous pas ?

— Vu sous cet angle... oui, admet Jade un peu à contrecœur.

— Tout à fait d'accord! approuve Alex. Quel est le plan d'attaque? ajoute-t-il en se frottant les mains.

— Avant d'attaquer qui que ce soit, il faudrait d'abord comprendre ce qui se passe, remarque Jade.

Je suggère:

— Procédons par étapes. Comment peut-on expliquer la surdité de ces enfants? Y aurait-il un défaut dans le processus de clonage?

Alex dodeline de la tête, puis m'explique:

— Comme tu l'as certainement appris dans tes cours d'histoire, l'humanité a survécu de peine et de misère à la Grande Catastrophe, en 2009. Toutes les calamités bactériologiques et chimiques imaginables nous sont tombées sur la tête. Parmi elles, nous avons eu droit à cet horrible virus qui a rendu infertiles tous les mammifères peuplant la Terre, y compris l'homme. Pour nous reproduire, pour avoir des bébés quoi, il a fallu nous tourner vers le clonage. Dans les premières années, il faut bien avouer que ça ne fonctionnait pas toujours parfaitement. Néanmoins, les scientifiques ont vite réglé tous les problèmes qui se présentaient. Ce qui veut dire que, depuis plus de quarante-cinq ans, on ne clone que des gens en parfaite constitution physique et mentale. C'est ainsi que j'ai eu ma fille qui, elle-même, des années plus tard, a eu ses propres enfants.

— Mais il doit bien y avoir des erreurs de temps en temps ?

— Pas si on se fie aux affirmations des spécialistes dans le domaine, répond Jade. Quoique...

Elle laisse sa phrase en suspens et se gratte la nuque. Alex et moi, la bouche ouverte, nous attendons la suite. Après un long moment, Jade se décide à poursuivre :

— Eh bien, j'ai fait quelques recherches l'autre jour, après ta rencontre avec la petite sourde. C'est que... on n'a pas encore identifié le gène responsable d'un certain type de surdité profonde.

Alex fronce les sourcils et marmonne :

— Je comprends.

Tant mieux pour lui, mais moi, je nage dans l'incompréhension.

— Et alors ? En quoi est-ce que ça nous concerne ? Si on ne clone que des entendants, on ne devrait pas donner naissance à des sourds.

— Pas nécessairement, me contredit Jade. On peut être porteur du gène sans être sourd et surtout sans savoir qu'on le porte. Donc, le clonage peut engendrer des enfants sourds.

Là, je comprends. Mais je saisis surtout l'injustice que vivent ces enfants. En 2062, dans notre petite civilisation parfaite, ils n'ont pas leur place. Je ne sais si ce sont les parents qui refusent de les garder ou si c'est la société qui rejette d'avance l'idée de les accepter. Dans un cas comme dans l'autre, c'est aussi terrible. On les exclut du monde ; on les chasse à l'extérieur des villes ; on les oblige à vivre, pire, à travailler dans la vallée Perdue ; et quand ils sont malades, on ne les emmène pas chez le docteur ou à l'hôpital, mais au laboratoire du professeur Béhat. À propos...

— Qu'est-ce que Béhat et l'OMPPSST viennent faire dans cette histoire ?

— Ça, je donnerais cher pour le savoir ! s'exclame Alex. Quand l'Organisation mondiale des penseurs en psycho-sensori-spatio-temporalité se mêle de quelque chose, ça n'augure rien de bon. Le plus terrible, c'est que ça se passe toujours sous mon nez, puisque j'habite juste de l'autre côté de la rue !

En effet, l'OMPPSST a bâti son laboratoire à l'endroit même où se situait ma maison vers l'an deux mille. Alex était mon voisin d'en face et mon meilleur copain à la maternelle. Depuis que je me suis sorti des griffes du professeur Béhat et de ses associés, je n'ai plus la permission d'aller chez Alex. Ils pourraient me reconnaître et tenter de m'attraper de nouveau. Pourtant, je ne peux m'empêcher de suggérer :

— Si on allait y jeter un coup d'œil ? Ce vilain bonhomme manigance encore un mauvais coup. La seule façon de savoir lequel, c'est d'aller vérifier de plus près.

Surpris par ma proposition, Alex et Jade se regardent un long moment avant de hausser les épaules.

— Il est fou, murmure Jade.

— As-tu une meilleure idée ? lui demande Alex.

Il semble que non.

6

Mission impossible

Minuit trente-cinq! Sous un ciel étoilé et une lune indiscrète, Jade, Alex et moi-même tentons de passer inaperçus. Tout de noir vêtus, comme de vrais professionnels de l'espionnage, nous approchons du laboratoire. Quelle horrible bâtisse! Elle ne s'embellit pas avec le temps. Elle ressemble à un jeu de blocs géants qu'on aurait oublié de ramasser. On ne peut rien apercevoir derrière les fenêtres opaques, et les portes sont verrouillées électroniquement.

Prudemment, nous évitons de mettre les pieds sur le terrain, car un ingénieux et hideux système de surveillance fonctionne jour et nuit. Je sais d'expérience que des caméras et des alarmes sont cachées à l'intérieur d'animaux en plâtre plantés dans la pelouse. On dirait un jardin où ne poussent que des flamants bleus, des grenouilles jaunes, des singes rouges et des chiens mauves. Quel désolant manque de goût!

— On fait quoi, maintenant? chuchote Alex. On ne peut tout de même pas se téléporter à l'intérieur.

— Très drôle, monsieur Spock! répond Jade avec une pointe d'ironie. Nous passerons tout simplement par où nous sommes sortis la dernière fois.

Alex et moi protestons en chœur:

— Oh non! Pas par la porte des ordures!

— Oh si! Venez, bande de petites natures!

Que répondre à cela? Nous nous taisons et nous la suivons en prenant garde de ne pas attirer l'attention. Derrière les maisons, un ruisseau asséché et asphalté sert de passage à l'énorme bac en forme de boule qui ramasse les ordures. Ce passage est relié au laboratoire par une allée aménagée exprès pour que le bac viennent cueillir les déchets sur place. Par là, nous pouvons nous approcher de la bâtisse sans déclencher l'alarme.

Jade glisse une carte dans une fente du mur, puis elle pitonne sur un clavier portatif. Comme par magie, une minuscule ouverture ronde apparaît dans le mur. Elle s'agrandit rapidement et nous en profitons pour entrer. Le trou se referme presque aussitôt.

— Comment as-tu trouvé le code d'entrée ? demande Alex, impressionné.

— Gadget top secret d'ancienne détective ! répond-elle en lui agitant sous le nez son petit clavier et la carte qu'elle a récupérée. Ne flânons pas ici !

Faiblement éclairés par les veilleuses fixées au bas des murs, nous quittons cette pièce et son odeur fétide. L'aménagement du sous-sol a changé depuis ma dernière visite. La machine à voyager dans le temps, avec son large tableau de contrôle et ses nombreux écrans, ne se trouve plus dans la salle du fond. À la place s'alignent une série de petits bassins remplis d'un liquide bleuté.

J'ignore ce qui trempe à l'intérieur et, franchement, je préfère ne pas le savoir.

Pressé de retrouver l'adolescent sourd, je me dirige vers un escalier. Jade et Alex me suivent de près. Avant de monter, je tends l'oreille. Aucun bruit ne trouble le silence. Alors, nous grimpons les marches jusqu'au dernier étage, le quatrième plus précisément. Je préfère fouiller l'immeuble en descendant plutôt que l'inverse. En haut, mes amis prennent le temps de souffler un peu. Ils n'ont plus mon âge ni mon endurance. Impatient, je leur dis :

— Restez ici pendant que je fais le tour des pièces !

— Ce serait plus prudent de nous attendre...

Tant pis, je suis déjà parti au pas de course. Je reviens cinq minutes plus tard.

— Il n'y a que des bureaux et personne en vue. Allez, on redescend au troisième.

— Avoir su, se plaint Alex, je t'aurais attendu en bas.

— Cesse de faire le grincheux, le rabroue Jade. Tu voulais de l'action, eh bien, tu es servi !

— Ce n'est pas tout à fait ce que j'envisageais au départ. Jouer au garçon de course dans un escalier n'a rien de très valorisant et je te ferai remarquer que...

— Chut! On va se faire repérer.

Sur chaque palier, nous prenons le temps d'écouter. Puis je poursuis seul l'inspection, Jade et Alex surveillant l'escalier. Au troisième et au deuxième, des salles d'expérimentation, remplies d'éprouvettes et autres trucs du genre, sont séparées par des murs vitrés. Je n'y vois pas âme qui vive. Au premier, à ma gauche, on dirait des salles d'opération, vides. À ma droite, d'un côté du corridor, la porte d'un bureau est ouverte et j'aperçois l'écran d'un ordinateur en marche. Devant l'appareil, une femme aux cheveux roux travaille. Je ne peux lire ce qu'elle écrit à l'écran, mais elle, je la reconnais bien. Elle se nomme Katarina, une scientifique qui aurait bien aimé se servir de moi dans ses expériences. Elle ne m'a jamais inspiré confiance.

Sur la pointe des pieds, je continue mon exploration. Que des bureaux et des petits laboratoires... sauf pour la dernière porte! C'est la réplique exacte d'une chambre d'hôpital, avec un malade en prime. L'adolescent sourd est étendu sur le lit, pire encore, il y est attaché par des sangles. Des tubes et des fils le relient à diverses machines. Comme il a les yeux rivés sur la porte, il me voit entrer. Il a l'air effrayé. Je lui fais aussitôt le signe de l'amitié. Avec mes faibles connaissances du langage signé, je lui dis :

— Moi, Robin, ami, ami. Toi ?

Il ne peut évidemment pas me répondre puisqu'il a les mains liées aux barreaux du lit. Je m'approche pour le détacher quand j'entends des voix derrière moi, dans le corridor. Vite, je cours me cacher dans le placard dont je laisse la porte entrouverte. Trois personnes pénètrent dans la chambre. Je les connais toutes : le vieux professeur Béhat, le professeur Avril avec ses grosses lunettes et la gentille docteure Okaïna. La seule personne de l'OMPPSST qui m'ait montré un peu de compassion, après mon voyage dans le temps.

— Cet enfant serait beaucoup mieux traité dans un hôpital, déplore-t-elle en vérifiant ce qui est affiché sur les cadrans des machines. Son état neurologique risque de se détériorer sans les soins adéquats.

— C'est justement pour cette raison que je l'ai emmené ici, réplique le professeur Béhat. Nos récentes expériences dans ce domaine nous permettent d'appliquer un meilleur traitement que celui qu'il recevrait selon des soins conventionnels.

— Et puis, ajoute le professeur Avril, cela nous donne enfin l'occasion de vérifier concrètement les résultats de toutes ces années de recherche.

— Voilà bien ce qui m'inquiète, reprend Okaïna. J'ai l'impression d'opérer sur un pauvre cobaye.

— Vous savez qu'il faut toujours une première fois, un premier patient à qui appliquer un tout nouveau traitement, dit Béhat. Rassurez-vous, nous possédons toutes les garanties et les autorisations nécessaires pour procéder.

— Justement, j'aurais aimé parler avec ses parents avant l'opération, leur expliquer exactement à quoi ils s'engagent.

— Docteur Okaïna, cela n'est pas de votre ressort, rétorque Avril. Je m'en suis déjà chargé. Contentez-vous d'opérer !

— Si seulement l'enfant acceptait de communiquer avec moi, se plaint encore

Okaïna. Depuis son arrivée, il refuse de me parler, se contentant de gémir. Et pourquoi faut-il que ses mouvements soient entravés par ces liens ?

Le professeur Béhat soupire. Il semble excédé par toutes les objections de sa collègue.

— Nous n'avons pas le choix. Pendant ses crises, il pourrait tomber au bas du lit et se blesser gravement. Bon, maintenant, préparez-le pour l'opération. Nous avons assez perdu de temps.

La jeune femme garde le silence tandis qu'elle fait une injection à l'adolescent. Moi qui ai horreur des piqûres, je passe à un poil de tourner de l'œil. À sa place, je hurlerais de douleur.

— Voilà ! Dans une quinzaine de minutes, il sera prêt, dit-elle enfin. En attendant, je vais vérifier les derniers préparatifs.

Elle quitte la chambre. Les professeurs Béhat et Avril ne sortent pas tout de suite. Ils discutent près du lit de leur jeune patient.

— Ouf ! Elle n'est pas facile à convaincre, cette Okaïna.

— Nous avons absolument besoin de ses talents de médecin. Dommage

qu'elle soit aussi à cheval sur les principes moraux.

— Si jamais elle découvre la vérité, que ferons-nous? Elle pourrait très bien nous dénoncer aux autorités.

— Il n'existe qu'une seule façon d'éviter qu'elle crie au scandale, mon cher!

D'un geste du pouce, Béhat fait le signe de trancher une gorge. Avril recule d'un pas.

— N'est-ce pas un peu trop... radical, comme solution ?

— Dans notre domaine, il n'y a pas de demi-mesure.

Sur cette parole pas du tout rassurante, il sort de la pièce, suivi du professeur Avril. J'attends quelques secondes, le temps d'entendre leurs pas qui s'éloignent, et je quitte ma cachette. Cette conversation que je viens de surprendre m'inquiète au plus haut point. J'ai toujours cru que Béhat était prêt à tout, mais... un meurtre ! Les mains tremblantes, je signe :

— Ami, ami. Partir, toi et moi. Loin, loin.

Il hoche la tête. Je le détache aussi vite que je peux. Heureusement, il n'est pas en crise en ce moment, alors il peut marcher et me suivre. Prudemment, nous longeons le corridor. En arrivant à la hauteur du bureau de Katarina, je redouble de prudence. À ma grande surprise, ce n'est pas la savante qui se trouve devant son ordinateur, mais Jade et Alex.

— Que faites-vous là ? Je croyais que vous m'attendiez près de l'escalier.

— On ne pouvait pas rester là, m'explique Alex. Trop de gens se promènent dans le coin. Dès que la dame qui travaillait dans ce bureau en est sortie, nous avons pris sa place. Et Jade a fait des découvertes intéressantes dans cet ordinateur.

— Malheureusement, je n'ai aucun modulateur ionique pour enregistrer tout cela, se plaint-elle.

— J'en ai un !

Je lui tends aussitôt celui qui sert à mes travaux scolaires et qui traîne au fond de ma poche de pantalon.

— Il est presque vide. Mais dépêche-toi. Mon malade se sent de plus en plus mal. Je crois qu'ils lui ont fait une piqûre pour l'endormir.

L'adolescent est blême. Il tremble de tous ses membres et doit s'appuyer au mur pour ne pas tomber. Jade enregistre rapidement les données et nous partons. Alex et moi soutenons le garçon afin qu'il ne déboule pas l'escalier. Encore un étage et nous sommes au sous-sol où nous ressortons par la même porte. Juste à temps, car notre malade tombe dans les pommes l'instant d'après.

— Je ne pourrai jamais le porter jusque chez Jade, remarque Alex. Je n'ai plus la vigueur de mes vingt ans. Attendez, j'ai une idée. Je vais aller chercher la voiture de ma fille et je vous rejoins sur le petit pont, là.

Il part au pas de course, enfin aussi rapidement que lui permettent ses vieilles jambes. Pendant ce temps, Jade et moi soulevons le garçon par les genoux et les épaules et nous nous rendons jusqu'au pont avec notre lourd fardeau. Alex y arrive presque en même temps que nous. Nous nous entassons dans le véhicule quand, soudain, retentit une alarme. Ils viennent de s'apercevoir de la disparition de leur patient. Alex démarre en vitesse.

— J'espère que personne ne s'est rendu compte de notre présence au laboratoire ! dit-il. Pendant qu'ils cherchent le gamin dans la bâtisse, ça nous laisse le temps de nous éloigner suffisamment pour qu'ils ne nous rattrapent pas.

— Oui, renchérit Jade, avant qu'ils s'aperçoivent de la disparition du garçon, nous serons en sécurité chez moi. Ni vu ni connu ! Nous sommes les champions des missions impossibles.

Je suis désolé de les contredire, mais…

— Jade! Alex! Il y a un pépin, un gros pépin.

Soudain inquiets, mes deux vieux amis qui sont assis à l'avant me regardent; elle, en se retournant, et lui, en jetant un coup d'œil au rétroviseur.

— Quel pépin? demandent-ils d'une même voix.

— Celui-là!

Je soulève le bras de l'adolescent pour leur montrer son bracelet. Tous les voyants lumineux clignotent vivement les uns après les autres. On dirait une farandole de lumières de Noël. Pour la discrétion, on repassera!

— Enfer et damnation! s'écrie Jade, furieuse. Il est affublé d'un bracelet-rapporteur.

— Un mouchard! s'exclame Alex, incrédule. On lui a collé un mouchard. Je croyais qu'on n'en mettait qu'aux prisonniers en liberté conditionnelle. Pas à un enfant, tout de même! Mais ça veut dire que...

Jade termine la phrase à sa place:

— Qu'on peut nous retracer n'importe où dans le monde grâce au signal qu'il émet.

Apeuré, je bégaie:

— La popo... la popo... la police va nous arrêter !

Jade m'ordonne :

— Donne-moi son poignet ! Je vais essayer de couper le circuit.

— Pendant ce temps, suggère Alex, j'emprunte une direction opposée à notre destination réelle. Question de brouiller les pistes !

Jade applique sur le bracelet son gadget électronique de super-espion qui nous a permis d'entrer et de sortir du laboratoire. Elle pitonne, entre des codes, clique sur différentes touches et recommence encore et encore, aussi vite que ses doigts le lui permettent. Moi, je surveille si quelqu'un nous suit. Un bruit me fait sursauter.

— Qu'est-ce que c'est ? Ça ressemble à une sirène de police. Elle se rapproche. On va se faire coincer. Plus vite, Alex, plus vite.

Il bifurque brusquement à gauche, puis à droite et encore à gauche.

— Je ne conduis pas une voiture de course, mais un véhicule familial. Je fais de mon mieux. Et toi, Jade, ça avance ?

La sirène se rapproche encore.

— Une petite minute. C'est pire qu'un coffre-fort, ces babioles de sécurité. Attendez, j'y suis presque... voilà ! Ouf ! Vite, baisse la fenêtre.

Non seulement les clignotants se sont éteints, mais le bracelet s'est ouvert. Alex actionne le mécanisme d'ouverture automatique des fenêtres et Jade lance le bracelet à l'extérieur. Soulagé et fou de joie, je crie :

— Hip, hip, hip, hourra !

— Chut ! Ce n'est pas le moment de nous faire repérer, gronde Alex. Bon, maintenant, j'aimerais bien savoir où je suis rendu. Avec tous ces détours, je crois que je me suis perdu.

Il ralentit et adopte une vitesse plus conforme au code de la route afin d'éviter d'attirer l'attention de la voiture qui arrive derrière nous à vive allure. Elle nous dépasse rapidement.

— C'est une ambulance, s'étonne Jade. Étrange, ses gyrophares ne sont pas allumés.

— Elle ressemble à celle que conduisait le professeur Béhat.

Jade note le numéro d'immatriculation sur son calepin électronique et marmonne :

— Je vérifierai cela chez moi. En attendant, ajoute-t-elle à haute voix, il faut retrouver notre chemin. Tourne à gauche, Alex !

Alex obéit et roule droit devant lui pendant un bon moment. Ni lui ni Jade ne parviennent à se repérer. Moi, j'ai l'impression d'avoir déjà vu cette rue.

— Je sais où l'on se trouve ! L'ambulance est passée par ici en revenant de la vallée Perdue. Tout au bout, on arrive au dôme.

— Dans ce cas, il vaudrait mieux que je retourne sur mes pas, propose prudemment Alex. On ne pourra pas aller plus loin.

— Non, continue ! le contredit Jade. Je veux voir à quoi ressemble la porte dans le dôme magnétique.

Nous poursuivons donc notre chemin jusqu'à cette cloison chargée d'ondes et d'électricité qui protège la ville. La voiture stoppe juste devant, tous phares allumés. On ne distingue aucune marque signalant une ouverture possible. Jade descend de l'aéroglisseur pour examiner la paroi de plus près. Son calepin électronique d'une main, le gadget d'espionne dans l'autre, elle appuie sur les touches avec ses pouces. Elle est drôlement habile, une véritable championne olympique de la *zappette*!

— On peut partir, annonce-t-elle en remontant à bord. J'ai recueilli suffisamment d'informations que j'analyserai plus tard à la maison.

— Et quelle direction prend-on pour retourner à la maison? demande Alex.

— Reviens sur tes pas. On verra bien.

— J'ai hâte de voir, bougonne-t-il en faisant demi-tour.

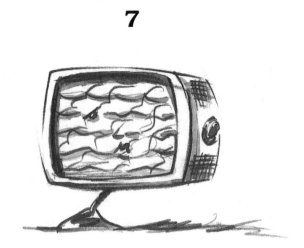

7

Un appel brouillé

Il nous a fallu plus d'une heure pour revenir à la maison. Nous avons tourné en rond jusqu'à ce qu'on arrive à un grand boulevard que Jade a aussitôt reconnu. Évidemment, j'en ai profité pour me moquer un peu d'Alex qui, à titre d'ingénieur ayant tracé les égouts de la ville, devrait justement bien la connaître, cette ville.

— Ce qu'il y a sous terre ne ressemble pas à ce qui existe au-dessus ! m'a-t-il répliqué d'un ton sec. Et puis…

c'est un nouveau secteur que je ne fréquente pas.

J'ai compris qu'il valait mieux ne pas insister et ménager la susceptibilité d'Alex. Maintenant, le garçon sourd dort, installé dans mon lit. L'anesthésiant que le docteur Okaïna lui a injecté fait encore effet. De mon côté, j'ai de la difficulté à garder les yeux ouverts. Habituellement, à cette heure-là, je ronfle depuis longtemps. Alex est retourné chez lui pour que sa fille ne s'inquiète pas de la disparition de sa voiture. Jade est installée devant son ordinateur. Elle lit, analyse, scrute les informations qu'elle a recueillies ce soir. Et la récolte est abondante !

Assis dans un fauteuil près d'elle, je ne parviens pas à me concentrer sur les phrases qui s'affichent à l'écran. Je m'endors tellement que je me mets à rêver de Mimi. Avec elle, je construis un énorme bonhomme de neige. Pour faire les yeux, elle enfonce dans la neige deux petits éléments électroniques. En guise de nez, je plante mon modulateur ionique. Pour la bouche, nous utilisons une télécommande. Puis nous dansons autour. Je chante, et Mimi agite ses mains comme des papillons. Soudain, la neige fond rapidement et le bonhomme souriant se transforme en professeur Béhat grimaçant. Il grogne après nous comme un chien enragé et se lance à notre poursuite. Et je me mets à crier, si fort que ça me réveille.

— Le professeur Béhat nous cherche! Le professeur Béhat nous cherche!

Jade a sursauté, bien sûr, mais elle garde son calme.

— Robin, Robin, ne t'énerve pas ainsi! Ce n'est pas nous mais l'adolescent que Béhat recherche. Et sans le bracelet-rapporteur, il ne peut le localiser. Nous sommes en sécurité, hors de la portée de l'OMPPSST.

Je suis tout à fait réveillé. Mais la réalité semble parfois pire que les cauchemars.

— Qu'est-ce que cette organisation de savants fous lui veut, à ce garçon? Pourquoi ne l'a-t-on pas conduit à l'hôpital?

Jade me sourit tristement. Elle a eu le temps de lire tous les fichiers enregistrés sur mon modulateur ionique et ce qu'elle va m'expliquer n'a rien de réjouissant, j'en ai bien peur.

— Aucune puce n'a été implantée sous la peau de cet enfant. Ce qui veut dire qu'il n'a pas de dossier officiel. Pour les autorités, c'est comme s'il n'existait pas. Il n'a pas de famille, pas de passé, pas de vie légale, quoi! En l'emmenant à l'hôpital pour le faire soigner, on révélerait ainsi qu'il est un non-conforme.

Je fronce les sourcils pour mieux réfléchir.

— Est-ce que ça signifie que Béhat tente de protéger les non-conformes en les soignant lui-même?

— Non, il essaie plutôt de les exploiter, le scélérat.

— De quelle manière? Dans quel but?

Jade hésite à me répondre. Elle secoue la tête, pas du tout enchantée par ce qu'elle a appris ce soir. Je la fixe droit dans les yeux. Je ne la lâcherai pas avant de tout savoir. Elle connaît ma ténacité, alors elle se décide enfin.

— Tous les enfants sourds que tu as vus hier finissent par servir de cobayes. Vois-tu, depuis que les mammifères ont disparu de la surface de la terre, les grands chercheurs mènent leurs expériences uniquement à l'aide de simulations faites sur l'ordinateur. Cependant, arrive un moment où l'on doit les essayer sur des humains. D'ordinaire, on demande des volontaires qui savent à quoi s'en tenir et qui sont payés pour ces expériences. L'OMPPSST a déniché ses propres volontaires : les enfants sourds, qui ne savent pas du tout ce qui les attend et qui ne représentent pas une grande perte en cas... d'échec.

— É... échec! Mais c'est horrible, épouvantable, inhumain...

Les mots me manquent pour décrire l'horreur que je ressens. Si Béhat se trouvait devant moi, je lui arracherais tous les poils du nez pour lui montrer ma façon de penser. Mais il n'est pas là, heureusement pour son nez! Pendant mon silence horrifié, Jade continue de parler :

— Ce que je n'ai pas encore découvert, c'est comment il s'y prend pour trouver et rassembler tous ces jeunes sourds. À moins que...

Elle se retourne vers son ordinateur, à la recherche de je ne sais trop quoi. Moi, dans ma tête, une question ne cesse de me hanter. Pourquoi des parents qui désiraient ardemment avoir des enfants, puisqu'ils demandent à se faire cloner, accepteraient-ils d'abandonner leurs rejetons quand ils découvrent que ceux-ci sont sourds ? Est-ce qu'une maman qui a porté son bébé pendant neuf mois ne le désire plus à cause d'une toute petite imperfection ? Après tout, personne n'est parfait. Certains ont les dents croches, d'autres les oreilles décollées, un nez un peu trop gros, des yeux trop petits et quoi d'autre encore ?

— Jade, comment fait-on les bébés ?

Elle pivote vers moi, l'air surpris et embêté.

— Je ne veux pas que tu m'expliques comment on faisait auparavant, avec une vraie maman et un vrai papa qui s'aimaient et patati et patata. Non, je veux savoir, aujourd'hui, pour cloner, on procède de quelle manière ? Tu n'es pas obligée d'entrer dans tous les détails techniques et scientifiques.

— Ah ! fait-elle, soulagée. Allons-y pour une explication abrégée. On prélève une cellule de la peau d'un homme que l'on insère dans l'ovule d'une femme. On brasse le tout. On place le résultat dans un incubateur et on attend neuf mois. Quand c'est prêt, on appelle papa et maman pour qu'ils viennent ramasser le bébé. Voilà !

— Voilà... Finies les mamans enceintes qui bercent et parlent à leur bébé dans leur ventre avant qu'il vienne au monde !

— Ne sois pas nostalgique ! C'est quand même mieux que de ne pas avoir de bébé du tout.

Je ne suis pas triste, au contraire. Tout s'éclaire dans mon esprit. Je m'exclame presque joyeusement :

— Ça explique bien des choses. Si les parents ne voient pas leur enfant venir au monde, on peut leur faire croire n'importe quoi ! On leur dit que le petit n'a pas survécu, qu'il est mort avant sa naissance. En réalité, on cache la vérité sur sa surdité. On ne lui insère aucune puce, on l'envoie dans la vallée Perdue et, dès qu'il peut être utile, on se sert de lui. J'en ai vu des tout-petits, à peine en âge d'aller à la maternelle. Mais ils ne jouent pas, ils travaillent.

Les yeux de Jade sont embués. Elle secoue gravement la tête.

— Quel plan diabolique ! Exploiter de jeunes enfants innocents... mais dans quel but ? Que peuvent-ils donc fabriquer de si important ou de si secret dans leur usine de la vallée Perdue pour y employer des enfants sourds?

— Demain, j'irai le demander à Mimi. Elle va me le dire. En attendant, qu'est-ce qu'on fait pour notre malade? As-tu trouvé de quoi il souffre?

Elle appuie à différents endroits sur son écran. L'image se transforme à quelques reprises et je vois enfin apparaître, d'un côté, la photographie de l'adolescent et de l'autre, sa fiche descriptive. Selon ce qui est écrit, il s'appelle Simon 368dT, il a douze ans, les cheveux blonds, les yeux bleus. Et il est épileptique.

— Épileptique? Est-ce que c'est grave?

— Disons plutôt que c'est embêtant, car on ne sait jamais quand on va tomber et perdre conscience. Il semble que ce soit une maladie qu'on ne peut pas détecter dans les gênes, puisqu'elle n'apparaît parfois qu'à l'adolescence. Heureusement, grâce aux médicaments, on parvient à enrayer les crises. Dans le rapport sur son cas, il est dit que le docteur Okaïna devait procéder à une opération délicate dans son cerveau pour le guérir définitivement. Délicate, mais extrêmement dangereuse. Comme je te l'expliquais tout à l'heure, il servait de cobaye pour une expérience révolutionnaire dans ce domaine. Sans se soucier de lui demander son consentement, toutefois.

— Pauvre Simon! Je comprends pourquoi il avait l'air aussi effrayé. Il ignorait ce qu'on allait lui faire. Mais s'il a fait une crise à l'usine, c'est qu'il ne prend aucun médicament.

— En effet!

— Alors, il faut que tu lui en procures!

Toute décontenancée, Jade s'exclame:

— Comment veux-tu que je m'y prenne? Je ne suis ni médecin ni pharmacienne. Ça ne pousse pas dans un jardin, ces pilules-là! Et on n'en trouve pas au dépanneur du coin...

Vraiment Jade, elle me désappointe! Je la pensais plus débrouillarde que ça. C'est à mon tour d'appuyer sur l'écran. En quelques touches, j'accède ainsi au bottin téléphonique. Je feuillette les pages virtuelles jusqu'à la lettre O: OK... OKA... OKAÏNA.

— Combien tu paries que si je le lui demande poliment, elle acceptera?

Jade ne répond pas. Elle est trop éberluée. Avant qu'elle réagisse, j'ai déjà composé le numéro sur l'écran. Jade pose aussitôt son doigt sur une icône au bas de l'écran.

— Option brouillage, m'explique-t-elle. Il est hors de question que je la laisse repérer d'où vient l'appel. Je ne lui fais pas confiance. Elle travaille pour Béhat et pourrait nous trahir. De plus, je vais modifier nos voix et fermer le visuel. Elle ne nous verra pas et nous entendra sans pouvoir nous reconnaître par la suite.

— Encore un de tes trucs d'ancienne détective. Ce que tu peux être méfiante !

— Non, prudente. Chut ! Elle répond.

Okaïna apparaît à l'écran, sa voix sort des petits haut-parleurs fixés au mur. Nous, nous pouvons la voir et l'entendre sans brouillage.

— Allô ! Allô ! Qu'est-ce qui se passe ? Je ne vous vois pas à l'écran. Il y a quelqu'un au bout de la ligne ?

— Docteur Okaïna, ne vous inquiétez pas, dit Jade. Actuellement, nous brouillons volontairement notre communication. Vous ne pourrez pas remonter jusqu'à la source de notre message ni nous identifier. Soyez assurée que nous ne vous voulons aucun mal.

Visiblement apeurée, elle bégaie :

— Quoi… que… que me voulez-vous ? Si c'est une nouvelle méthode d'extorsion électronique, j'ai un système de protection directement relié à la centrale de la police. Je vous avertis…

— Tu vois qu'il fallait se méfier, murmure Jade à mon intention.

Puis elle parle à haute voix :

— N'ayez crainte, nous ne désirons que vous entretenir d'un problème d'ordre médical.

— Médical ? Allez plutôt à l'hôpital ou dans une clinique. On vous y soignera plus rapidement qu'en me parlant au…

Je lui coupe la parole :

— Il s'agit d'un cas d'épilepsie, plus précisément de l'enfant épileptique que vous deviez opérer sans l'autorisation de ses parents.

Les yeux rivés sur son écran, Okaïna reste bouche bée. Dans son visage, on voit passer l'étonnement, l'incompréhension et une certaine crainte.

— Comment va-t-il ? demande-t-elle finalement.

— Pour le moment, il dort, répond Jade. L'effet de l'anesthésique n'est pas terminé.

J'ajoute :

— Mais demain ou un autre jour, il fera une nouvelle crise. Nous avons besoin de médicaments pour empêcher cela.

— Vous n'avez qu'à lui donner ceux qu'il prenait auparavant.

— Il n'en a jamais pris. Les non-conformes n'ont pas droit aux médicaments. Dans la vallée Perdue, il n'y a pas de pharmacie.

Okaïna semble de plus en plus surprise.

— Non-conforme, vallée Perdue, répète-t-elle sans oser le croire. C'est impossible.

— Avez-vous vérifié personnellement s'il avait une puce ? s'informe Jade.

— Non, ce n'est pas à moi d'effectuer cette vérification. Ce travail incombe aux techniciens ou aux réceptionnistes.

— Je m'aperçois que vous ignorez beaucoup de choses sur votre patient. Vous devriez peut-être consulter les fichiers de l'OMPPSST. Ils contiennent des informations stupéfiantes. Cependant, prenez garde à vos collègues, la prévient Jade. Ils en savent plus long que vous sur cet enfant et désirent absolument vous tenir éloignée de la vérité.

— Oui, faites bien attention. Béhat serait prêt à tout pour éviter un scandale. Je m'en voudrais qu'il vous arrive malheur.

C'est vrai, je ne supporterais pas que Béhat lui fasse du mal. Seule Okaïna m'a montré de la gentillesse dans cette maison de savants détraqués. Jade reprend :

— Procurez-vous les médicaments ! Je vous rappellerai ce soir, à vingt-deux heures.

Elle clique pour terminer la conversation. L'écran s'assombrit aussitôt.

— Ce soir ?

— Oui, me répond Jade. Il est déjà quatre heures du matin. Tu ferais mieux d'aller te coucher si tu veux être en forme pour retourner dans la vallée Perdue. Installe-toi dans mon lit. De mon côté, j'ai encore des vérifications à faire.

8

Tout ça
pour des jouets

Aujourd'hui, je ne me suis pas rendu à l'école. Je me suis levé trop tard ; il était presque midi. Jade avait déjà appelé pour prévenir de mon absence. Elle m'a inventé un rhume comme excuse. Je sais qu'il est mal de mentir, mais comment faire accepter à un directeur d'école que l'on a passé la nuit à jouer aux espions ?

J'ai rempli mon sac à dos de provisions, un vrai pique-nique. Alex m'a fourni une carte du réseau des vieux égouts. Il est venu me reconduire à la bouche la plus proche de la maison de Jade. J'ai eu droit à toute une liste de recommandations : attention à ceci, attention à cela ! Cher Alex, il aurait bien aimé m'accompagner. Je doute cependant que Mimi ait apprécié sa présence. Notre amitié est encore si fragile que je ne veux pas risquer de la mettre en péril en lui imposant la présence d'un inconnu.

Alors me voici, déambulant dans les égouts ! Je tourne encore à gauche, puis à droite et j'atteins enfin la sortie désirée. Oui, je suis au bon endroit. Je reconnais la vallée et la forêt qui l'entoure. De plus, il n'a pas neigé depuis ma dernière visite. Je peux donc suivre mes traces dans la neige. Je retrouve sans peine la clairière où Mimi et moi avons discuté. Ensuite, je poursuis ma route jusqu'au village des enfants sourds.

Malgré le beau temps hivernal et le soleil qui brille dans le ciel, je n'aperçois âme qui vive. Personne ne joue dehors. Je m'approche des maisons à demi enfouies dans la neige et je furète par les fenêtres. Dans la grande usine, aucun enfant ne s'y trouve. Dans les petites maisons, les rideaux sont tirés et m'empêchent de fouiner à mon goût. Il reste une dernière bâtisse, un peu à l'écart. Je cours coller mon nez à un de ses carreaux.

Voilà donc où tout le monde se cache! Les enfants sont assis par terre, en petits groupes. Devant chacun de ces groupes, un surveillant montre une image sur un écran et fait une série de gestes que les jeunes répètent après lui. Quand l'un d'entre eux n'est pas attentif, le gardien le pointe avec une espèce de machine à zapper. Le résultat me paraît plutôt brutal. L'enfant grimace et sursaute en poussant un cri, puis il se masse le poignet, celui où il porte son bracelet. Quelle sorte de bidule à torturer est-ce donc là?

Et ma petite Mimi, comment se tire-t-elle de cet enseignement tyrannique? Je scrute les groupes un à un et je la découvre enfin. Assise à l'indienne, comme les autres, elle suit attentivement les gestes et les mimiques de son professeur. C'est une élève studieuse. Je remarque qu'ils ne sont que trois dans son groupe et ce qu'on leur apprend semble plus difficile que dans les autres groupes. Serait-elle dans une classe accélérée? Mince alors, je suis tombé sur la plus brillante des filles de la vallée Perdue!

Pendant plus d'une heure, je reste dehors à me geler les orteils et les doigts, et à répéter, moi aussi, les gestes du professeur. Du moins, j'essaie. Avec des grosses mitaines, c'est difficile...

Soudain, la lumière du plafond se met à clignoter. Les professeurs éteignent leurs écrans. Les jeunes se lèvent et se mettent en rangs. Ils se dirigent ainsi vers un long comptoir, style cafétéria, où ils reçoivent, chacun à leur tour, une collation: deux biscuits secs et un verre d'eau. Aucune chance de prendre des calories en trop avec un tel régime! Ensuite, ils s'habillent et sortent jouer dehors.

Je vais enfin pouvoir attirer l'attention de Mimi. Je me dissimule derrière une épinette bien fournie. Elle devrait pourtant sortir bientôt. Où est-elle? Ah! je la vois. Elle fait une fois, deux fois le tour de la cour, mais sans jamais regarder dans ma direction. Elle surveille plutôt les surveillants! Dès qu'ils ont tous le dos tourné ou qu'ils sont trop occupés pour faire attention à elle, elle court se cacher derrière un pin. À quelques pas de moi!

— Psitt! Psitt! Mimi!

Évidemment, elle ne m'entend pas. Comment faire pour qu'elle se tourne vers moi sans ameuter tout le monde? J'ai une idée. Je prends ma lampe de poche et je la braque sur elle. Malgré la clarté, elle aperçoit la lueur de ma torche et tourne un visage inquiet vers moi. Je lui souris et la salue d'un geste de la main. Surprise, elle ouvre grands ses yeux noirs. Je ne peux m'empêcher de la trouver mignonne, avec ses paupières bridées et sa petite bouche rose. Elle me rappelle quelqu'un, mais je ne sais trop qui.

Elle sourit d'un air coquin et me fait signe de la suivre. Je n'hésite pas un instant. Quelques minutes plus tard, nous sommes installés côte à côte sur le banc de neige, dans la clairière, et je partage avec elle mon pique-nique. Elle mange avec appétit, mais plus que tout, elle parle, elle parle et parle encore. Je ne comprends pas la moitié de ce qu'elle me raconte et pourtant j'essaie. Ses doigts bougent trop vite, son visage

change à tout moment d'expression, et même son corps se contorsionne pour mimer son récit.

Lentement, je ne peux pas faire plus vite de toute manière, j'épelle :

— Simon, malade, hier. Hôpital, méchant docteur. Simon, chez moi aujourd'hui.

Elle reste un moment abasourdie. Elle m'a compris, j'en suis certain. Son sourire a disparu. Des larmes perlent au coin de ses yeux. Elle s'efforce de signer au ralenti. Au hasard de ses gestes, je pige quelques mots :

— Simon… ami… parti… toujours… fini Simon. Enfants… malades… partis… finis.

— Non, non, pas fini Simon. Chez moi. Sauvé.

Pour lui prouver que je dis vrai, je sors de mon sac à dos le chandail de Simon. Jade lui a procuré de nouveaux vêtements dans le cadre de son opération « camouflage du petit non-conforme ». Mimi prend le chandail et le sent. Son sourire revient. Elle hoche la tête et fait un signe qui m'est inconnu. Puis elle me saute au cou et m'embrasse sur les deux joues. Je crois que je rougis un peu, beaucoup même.

Elle me dit :

— Beaucoup méchants hommes grande ville ! Faire travailler enfants toujours toujours. Enfants jamais devenir grands. Enfants malades partis finis.

Je vois de la colère dans ses yeux. Elle se lève et prépare des balles de neige. Je la trouve brave. Elle veut se battre avec les seules armes qu'elle possède. Néanmoins, ses petites batailles de neige ne servent pas à grand-chose, sauf à la mettre en péril. Je la prends par les mains et je la force à se rasseoir. Comment lui expliquer la réalité à laquelle elle veut se mesurer avec mon maigre vocabulaire en langage signé ? Comment lui expliquer aussi que tous les gens de la ville ne veulent pas du mal aux enfants sourds qui vivent ici ?

— Moi, mes amis Jade et Alex aider toi, Simon et tous les enfants, ici.

— Aider à quoi ?

— À devenir libres. Fini travail forcé. Fini mauvais traitement.

— Libres ? Bravo ! Bravo !

Elle rit et applaudit. Puis elle fronce les sourcils et demande :

— Comment?

Là, je suis un peu embêté. Jade et Alex m'ont expliqué une partie de leur plan, mais j'en ignore tout le déroulement. Je dis seulement :

— Compliqué.

Elle penche la tête de côté et attend. Mes doigts se remettent à bouger dans les airs.

— D'abord, savoir quoi enfants fabriquer dans usine.

Elle fait toute une série de gestes auxquels je ne comprends rien à rien. Je hausse les épaules, découragé. Elle sourit encore et signe :

— Donner toi objet. Attends.

Elle se lève et part au pas de course. Je la suis de près, car je ne peux demeurer inactif pendant qu'elle risque gros pour m'aider. Arrivée près des maisons, elle se faufile derrière la grande bâtisse. Elle connaît vraiment tous les secrets de cet endroit. Elle soulève le grillage d'une bouche d'aération et se glisse à l'intérieur. Je fais de même. Dans la demi-obscurité, j'aperçois des piles de boîtes de différentes grosseurs. Elle en prend deux petites sur des piles différentes et me les tend. Je ne perds pas de temps à en vérifier le contenu et je les glisse dans mon sac à dos. Puis nous ressortons par le même chemin.

Le soleil est déjà couché à l'horizon. La petite lumière mauve du bracelet de Mimi se met à clignoter. Elle doit s'empresser de rejoindre ses camarades. Le travail va reprendre. Elle me salue et je la quitte à regret. Pourvu que le plan de Jade et d'Alex réussisse ! J'aimerais tant que Mimi soit libre, aussi libre que moi et tous les enfants du monde.

Quand je rentre à la maison, Jade et Alex m'attendent avec impatience.

— Alors, qu'as-tu réussi à apprendre de nouveau ?

— Qu'est-ce qu'ils fabriquent dans leur fameuse usine ?

— Personne ne t'a suivi ?

— Est-ce que tout s'est bien passé ?

J'ouvre mon sac à dos en répliquant :

— Pas tous à la fois, laissez-moi le temps de répondre. Tout va bien, ne vous inquiétez pas. Voilà ce qu'ils fabriquent là-bas !

J'exhibe les deux boîtes. Petites, légères, sans aucun dessin ni aucune indication sur l'emballage pour signaler ce qu'elles contiennent. Jade et Alex en prennent chacun une et l'ouvrent avec précaution.

— Ce n'est pas possible, s'exclame Alex, furieux.

— Mais ce n'est qu'un jouet, s'écrie Jade, terriblement déçue.

En effet, ils déposent sur la table devant moi un chaton et un chiot mécaniques.

— Ils obligent les enfants à fabriquer de vulgaires bebelles, se fâche Jade.

— Non, elles ne sont pas vulgaires du tout, la reprend Alex. Examine-les correctement. Ce sont des animaux robotisés extrêmement sophistiqués. Ces petits toutous en métal valent une jolie fortune.

Ils se regardent alors avec un air entendu.

— Tu veux dire que…

— Exactement !

— Oh ! Quelle fourberie !

Comme d'habitude, je suis le seul à ne pas saisir ce qui se passe. Alors, je les implore de me mettre au courant pour que je puisse, moi aussi, trouver cela horrible.

— Vois-tu, commence Jade, j'ai lu attentivement tous les documents officiels concernant l'OMPPSST et je n'ai rien trouvé concernant les expériences médicales comme celle qu'ils s'apprêtaient à tenter sur Simon.

Je réponds :

— Et alors ? C'est normal puisque ce sont des expériences secrètes.

— Oui, poursuit Alex, mais il faut beaucoup d'argent pour les mener à bien, ces expériences. Et tout l'argent que cette organisation reçoit en subventions de toutes sortes va à d'autres types d'expérimentation, des trucs plus légaux.

Je dis encore :

— Et alors ? Quel est le problème ?

— L'argent ! répondent en chœur mes amis.

Jade continue à m'expliquer :

— On se demandait d'où venait l'argent pour financer leurs activités louches et illégales. Sûrement pas du gouvernement ou d'un téléthon !

— Et tu viens de nous apporter la réponse : la vente de jouets pour milliardaires ! ajoute Alex.

Je demeure un instant bouche bée, puis je rétorque :

— C'est sûrement plus payant que de vendre du chocolat de porte en porte !

— C'est surtout plus sadique, gronde Alex. Penses-y un instant ! Les mêmes enfants qui se crèvent à l'ouvrage pour produire ces babioles de luxe servent de cobayes grâce à l'argent qu'ils ont fait gagner au professeur Béhat et à son équipe de chercheurs.

Je m'écrie, dégoûté :

— Plus exploités que ça, tu meurs ! C'est d'ailleurs ce qui doit arriver à ces pauvres enfants. Mimi m'a dit que les malades étaient finis. Elle voulait probablement dire qu'ils ne revenaient jamais de leur voyage en ambulance. En passant, Simon, comment se porte-t-il ?

— Bien, mais... comme je ne parviens pas à communiquer avec lui et qu'il ne pense qu'à s'enfuir... je l'ai enfermé dans ta chambre, avoue Jade, un peu mal à l'aise.

— Enfermé ! Je monte lui parler tout de suite.

Je laisse mes amis discuter dans la cuisine et je grimpe les escaliers à toute vitesse. Je trouve autour de la poignée de la porte de ma chambre une grosse corde qui est attachée à la rampe de l'escalier. Impossible d'ouvrir sans enlever la corde. Je passe une éternité à défaire les nœuds. Un vrai chef-d'œuvre de scout! Je pousse enfin la porte, doucement, et je découvre… personne! J'ouvre davantage, je fais un pas dans la chambre et je manque de recevoir une lampe sur la tête.

Simon, caché derrière la porte, attendait que quelqu'un entre pour passer à l'attaque. Il s'apprête à me lancer tous mes jouets et mes souliers qu'il a rassemblés à ses pieds en guise de munitions. Vite, je lui fais le signe: ami, ami.

Ouf! Il me reconnaît. Il laisse tomber mon ballon de soccer et se met à parler avec ses mains. J'ai beaucoup de difficulté à saisir ce qu'il dit. Ses gestes sont moins précis que ceux de Mimi. Alors, péniblement, je commence à lui expliquer la situation. Cela durera sûrement des heures et je doute de parvenir à tout lui faire comprendre. J'aimerais seulement qu'il me fasse confiance.

— C'est pourtant simple, la confiance commence par un ventre bien rempli! Allez, suis-moi! Nous allons souper.

Je l'entraîne sans difficulté jusqu'à la cuisine. À grand renfort de gestes, je lui présente mes amis. Et tous les quatre, nous mangeons ensemble. Nous avons tous grand besoin de refaire nos forces, car ce soir nous affronterons le docteur Okaïna.

9

Vive les boutons !

Simon est peut-être sourd, mais il n'est ni aveugle ni idiot pour autant ! En attendant que ce soit l'heure de contacter Okaïna, je me suis installé avec lui devant l'ordinateur pour jouer avec des casse-tête tridimensionnels. Il apprend à une vitesse incroyable. Enfin, tant qu'il s'agit d'images et d'icônes, car il ne sait pas lire. Il ne connaît pas l'alphabet ; on ne lui a jamais appris.

Il me bat au moins trois fois sur quatre. Zut ! Quel soulagement pour mon orgueil lorsque Jade nous demande de lui céder notre place ! Elle compose le numéro du docteur et installe son système de brouillage. Nous attendons avec impatience qu'Okaïna réponde. Quand son visage apparaît sur l'écran, je lui trouve un air triste.

— J'ai les médicaments, dit-elle tout de suite. Où désirez-vous que nous nous rencontrions ?

— Je vais vous indiquer un endroit isolé où vous pourrez aller les déposer, répond Jade.

— Non, je dois absolument vous parler. Je ne fais pas confiance au téléordinateur. Mes collègues seraient bien capables de rompre votre brouillage. C'est de la plus haute importance. Je vous en prie, il faut que nous discutions. J'ai déjà pris de gros risques et j'ai appris des choses… épouvantables.

Alex chuchote quelques mots à l'oreille de Jade. Celle-ci ne semble pas d'accord avec ce qu'il lui propose. Il insiste et elle finit par accepter.

— C'est bon ! Au coin des rues Alexandra et Picot, vous trouverez une toute petite cabane, ça ressemble à une remise. Entrez-y ! Quelqu'un vous guidera vers moi ! Dans vingt minutes.

Elle éteint aussitôt l'ordinateur.

— Vingt minutes, répète-t-elle. Si elle est de mèche avec Béhat, ça ne leur laissera pas beaucoup de temps pour s'organiser. Allons-y! Nous n'avons pas un instant à perdre.

Nous nous habillons en vitesse, même Simon est de la partie. Dans la voiture qu'Alex a encore empruntée à sa fille, il nous fait part de son plan. Chacun a une tâche bien précise à accomplir. Je traduis de mon mieux à Simon. Nous arrivons sur les lieux dix minutes avant l'heure dite et laissons le véhicule un coin de rue plus loin.

Jade et Alex s'engouffrent dans la cabane. Simon et moi prenons position derrière la maison la plus proche, de manière à espionner quiconque s'approchera du lieu de rendez-vous. Et nous attendons. Au bout d'un certain temps, j'entends un bruit de pas. Puis je vois une silhouette qui hésite, scrute les environs à plusieurs reprises et s'avance enfin vers la cabane. À la lueur des réverbères, je reconnais bien le docteur Okaïna. Simon aussi. Il s'inquiète, me fait des signes incompréhensibles. Je le calme de mon mieux en me demandant si nous avons bien fait de l'emmener avec nous. S'il s'énerve trop, il va tout faire rater.

Okaïna est à peine entrée que je perçois d'autres bruits de pas. Précipités, cette fois. Deux ombres courent, à demi penchées, mais elles n'échappent pas à mon regard de lynx. Je peux même mettre un nom sur chacune d'elles : les professeurs Katarina et Avril. Béhat ne daigne pas se salir les mains, à ce que je constate. Il préfère envoyer ses sbires à sa place et demeurer à l'abri de tout soupçon.

Les deux espions font les derniers mètres à pas de loup. Ils collent l'oreille contre la porte, se consultent à voix basse et se décident enfin à entrer. À peine une minute plus tard, ils ressortent seuls et bredouilles. S'ils s'imaginaient coincer mes amis aussi facilement, ils rêvaient en couleurs. Ce qu'ils ignorent, c'est qu'au fond de cette cabane, bien dissimulée sous un amoncellement de caisses, se trouve une bouche d'égout. Et l'expert en ce domaine est dans notre camp ! Jade et Alex ont dû rapidement entraîner Okaïna dans le réseau souterrain et ils sont déjà loin.

Avec Simon, j'attends encore un moment. Une voiture passe en trombe, probablement celle des deux savants. Ensuite, grâce aux indications d'Alex, nous nous faufilons en catimini, par les cours et les ruelles, jusqu'à une autre bouche d'égout quelques rues plus loin. Je vérifie que personne ne nous a suivis et nous descendons sous terre. Jade, Alex et Okaïna ne sont pas loin.

En me voyant, la jeune femme s'exclame :

— Robin ! Robin Petitpas ! Je me suis beaucoup inquiétée après ta disparition. Je constate aujourd'hui que tu es entre bonnes mains. Tant mieux !

Elle se tourne vers Simon et ajoute :

— Voilà le médicament qu'il te faut. Un comprimé tous les soirs et les crises disparaîtront.

J'essaie de traduire, mais Simon refuse de prendre le flacon que le docteur lui tend. Soit qu'il ne comprenne pas, soit qu'il ne lui fasse pas confiance. De son côté, Okaïna semble surprise par mes gesticulations.

— Cet enfant, serait-il… sourd ? demande-t-elle en baissant la voix, comme s'il pouvait l'entendre.

— Tout à fait, répond Alex, comme des dizaines d'autres gardés en captivité dans la vallée Perdue.

Okaïna hoche la tête et soupire. Je crois même apercevoir des larmes dans ses beaux yeux bridés.

— C'est donc vrai! Je refusais de l'admettre…

Jade la fixe d'un regard sévère.

— Que voulez-vous dire? Vous aviez entendu parler de ces enfants? Quand? Comment?

— Ma découverte ne date que d'aujourd'hui. Après votre appel, je me suis empressée de consulter les dossiers de l'OMPPSST, enfin ceux auxquels je ne m'intéressais jamais et qui, d'ailleurs, ne m'étaient pas destinés. Des dossiers secrets, quoi! J'ai trouvé leur code d'accès et ce que j'y ai lu m'a paru tellement invraisemblable. J'ai préféré croire qu'il s'agissait de projets refusés, mis de côté à cause de leur caractère inhumain.

Moi, je crois malheureusement que Béhat est assez fou pour se livrer aux expériences les plus débiles et je veux en savoir davantage sur ses plans. Alors, je secoue Okaïna par la manche.

— Qu'avez-vous appris aujourd'hui ? Vous devez tout nous révéler pour que nous puissions aider ces enfants.

— Tu as raison, il faut que cela cesse. Voilà, depuis une douzaine d'années, le professeur Béhat s'est impliqué de près dans le processus de clonage pour l'améliorer. Il désirait apparemment éliminer la reproduction de maladies ou de malformations, car, malgré toute notre science, cela se produit encore parfois. Le public n'est pas au courant de tous ces problèmes ; on fait accroire aux gens que tout se déroule toujours bien, mais...

— ... mais rien n'est parfait en ce bas monde ! conclut Alex.

Okaïna hoche la tête en signe d'approbation.

— En effet, quelques éléments nous échappent encore, comme le code génétique de certaines surdités, ce qui occasionne parfois la naissance d'enfants atteints par cette tare. Selon les dossiers de Béhat, on laisse croire aux parents que le clonage n'a pas réussi. Pendant ce temps, les bébés sourds sont élevés en pouponnière, loin de la civilisation. On leur enseigne à communiquer entre eux. On les forme pour un travail quelconque et...

Sa voix tremble à cause des sanglots qu'elle tente de retenir. Elle pleure vraiment et elle est incapable de poursuivre son explication. Mais ce n'est pas nécessaire, nous connaissons la suite. Ces enfants servent de cobayes à toutes sortes d'expériences médicales.

Jade affirme d'un ton ferme :

— Il faut dénoncer les coupables ! Êtes-vous prête à nous aider en dévoilant au monde vos informations ?

— Bien sûr ! accepte-t-elle sans hésiter tout en séchant ses larmes. Néanmoins, il faudra nous montrer prudents, car Béhat ne se laissera pas faire.

Elle a tellement raison que nous en avons immédiatement la preuve. Je chuchote :

— Vous entendez ? On dirait des gens qui approchent.

Nous éteignons nos lampes de poche. Dans le souterrain obscur, l'écho des pas et des voix nous parvient, à peine déformé.

— Ils ont trouvé la bouche d'égout, murmure Alex. Il faut sortir avant qu'ils nous retrouvent.

— Non, j'ai une meilleure idée, annonce Jade. Entraînons-les plutôt dans la vallée Perdue.

— Je ne vois pas en quoi cela nous avancera, rétorque Alex. Nous n'y serons pas en sécurité.

— Ça nous permettra de les coincer. Fais-moi confiance pour une fois.

— Pour une fois ! Je te fais confiance depuis la maternelle et regarde où cela m'a mené : dans un tunnel d'égout, avec des savants fous à nos trousses.

— Cesse de râler et guide-nous ! Et puis non, continue de te plaindre, ça leur indiquera notre position.

— C'est ça, et en plus nous servons d'appâts ! Et moi qui rêvais d'une retraite tranquille…

— Oublie les pantoufles au coin du feu ! Le manque d'activité physique est mauvais pour la santé.

— Se jeter la tête la première dans le danger ne vaut guère mieux !

Tout en suivant mes vieux amis qui grognent à qui mieux mieux, Okaïna se penche vers moi :

— Sont-ils toujours ainsi, à couteaux tirés ?

— Ne vous fiez pas aux apparences : au fond, ils s'adorent ! Mais pour rien au monde, ils ne l'admettraient. Hé ! Jade, Alex ! Les bruits se rapprochent, marchez plus vite.

Nous accélérons le pas. Malgré tout, j'aperçois de temps à autre la lumière des torches électriques de nos poursuivants. Tout essoufflé, Alex nous indique une trappe au-dessus de nos têtes.

— Ici commence le territoire de la vallée Perdue.

— Parfait ! Séparons-nous pour brouiller les pistes, suggère Jade. Robin et moi sortirons par cette bouche d'égout. Vous trois, allez à la suivante. Vite, courez !

Okaïna prend Alex par le bras pour le soutenir. Mon pauvre vieil ami n'a plus les jambes de sa jeunesse. Je fais signe à Simon de les suivre. Lui aussi a remarqué les lumières derrière nous, il sait que quelqu'un nous pourchasse. Alors, il obéit sans protester.

Jade monte dans l'échelle et pousse le couvercle. Elle redescend et me dit :

— Monte vite, je sors après toi.

Tout en grimpant les échelons, je l'observe. Elle a dans sa main son gadget d'espion qu'elle pitonne fébrilement.

— Pourvu que ça marche, marmonne-t-elle.

Un hurlement me fait sursauter avant que je sois dehors.

— Pas un geste! Restez où vous êtes!

— Vite! Vite! m'enjoint Jade en se précipitant derrière moi.

Deux éclairs lumineux me frôlent les jambes et frappent la paroi en une gerbe d'étincelles. Je n'ai jamais grimpé aussi vite de ma vie. Sur mes talons, Jade me pousse dans la neige et roule sur moi. Nous prenons à peine le temps de nous relever que déjà nous courons nous mettre à l'abri dans la forêt. Au risque de nous perdre, nous avançons entre les arbres sans allumer nos lampes de poche.

Quand je me retourne un instant, j'entrevois une lueur qui se glisse à travers les branches. Ils vont finir par nous retrouver. À bout de souffle, Jade s'appuie contre un tronc rugueux.

— Continue... continue sans moi, parvient-elle à murmurer. Je ne peux plus te suivre, je suis trop vieille.

— Si tu crois que je vais t'abandonner, tu te mets le doigt dans l'œil jusqu'au coude. Selon moi, les maisons ne sont plus très loin. On se cachera dans l'entrepôt. Ils ne penseront jamais à nous chercher là. Encore un petit effort, viens, tu en es capable!

Elle glisse son gadget d'espion dans ma poche et dit en respirant difficilement:

— Je vais essayer. Garde ça sur toi. J'ai déclenché une alerte de code BZ72. C'était mon signal de détresse quand je travaillais comme détective en mission secrète. Je suis certaine qu'il sera capté par les autorités. Ils enverront quelqu'un pour découvrir ce qui se passe ici.

— Et ils arrêteront Béhat et ses comparses! Brillant comme idée!

— C'est pour cela qu'il ne faut pas qu'ils t'attrapent. Ils pourraient couper le signal avant d'être repérés.

— D'accord, mais je ne te laisse pas tomber pour autant. Viens!

Nous repartons, mais sans courir. Tant que nous marchons dans la forêt, les arbres nous protègent. Malheureusement, nos traces de pas dans la neige ne nous aident guère à déjouer nos poursuivants. Nous tâchons tout de même de nous déplacer le plus discrètement possible, sans briser de branches, en silence. Je constate alors que la lueur des torches électriques ne se dirige pas vers nous, mais suit une ligne parallèle à notre marche.

— Jade, je crois qu'ils se rendent directement au village pour nous couper la route et nous attraper, une fois rendus là.

— Ou pour aller chercher du renfort! À ton avis, combien de surveillants travaillent pour Béhat?

— Plusieurs!

— Dans ce cas, demi-tour!

Sans plus discuter, nous rebroussons chemin. À mon grand soulagement, je n'aperçois plus de lumière entre les arbres. Nous les avons semés et j'en suis heureux.

— Dis, Jade, l'arme avec laquelle ils nous ont attaqués, elle lançait quoi?

— Des rayons lasers. C'est très à la mode et c'est surtout très dangereux.

— Vous ne sauriez si bien dire, madame! crie une voix rude. En ce moment, mon rayon laser est braqué sur vous et votre jeune ami. À votre place, je me tiendrais tranquille.

Ils possèdent aussi trois lampes de poche qui nous aveuglent presque complètement. Nous sommes cuits! J'imite Jade et je lève mes bras. En plissant les yeux, je parviens à peine à voir les silhouettes de Béhat, de Katarina et d'Avril. Alors, s'ils sont tous les trois devant nous, qui nous a dépassés tout à l'heure? Dans mes mitaines, je croise les doigts en espérant qu'il s'agissait d'Alex, d'Okaïna et de Simon. Avec ce dernier comme guide, ils ne peuvent pas se perdre.

— Emmenons-les à l'usine, ordonne Béhat. Nous trouverons bien un moyen de les faire parler là-bas.

Quelle joyeuse perspective! Dans quelle galère me suis-je encore embarqué? Sous haute surveillance, nous effectuons la dernière partie du trajet. Comme d'habitude, le village semble désert. À cette heure tardive, tous les enfants doivent être couchés. Béhat nous place sous la lumière d'un réverbère, à quelques pas de l'entrée de l'usine, et nous examine attentivement. Il m'arrache ma tuque et écarte mon foulard pour mieux voir mon visage.

— Mais je te connais, toi? Attends, tu es... tu es...

— Le jeune garçon que nous avons ramené du passé! s'exclame Katarina avec son accent qui m'écorche les oreilles.

— Fantastique! s'écrie Avril. Nous allons pouvoir reprendre nos expériences sur ce petit.

Oh non! Ils ne vont pas remettre ça! Ils ne pourraient pas voir en moi autre chose qu'un rat de laboratoire? J'ai déjà goûté une fois à leur hospitalité; j'aurais été mieux traité chez Dracula. Pour le coup, je me fâche.

— Et quoi encore? Êtes-vous tombés sur la tête? Vous ne savez donc faire qu'une chose: embêter les honnêtes gens! Quand allez-vous vous rendre compte que votre comportement est insensé? Je commence à en avoir plein le dos de vos stupidités. Vous m'avez enlevé à mon foyer, à mon époque, à mes parents qui en sont morts d'ailleurs. De plus, vous vouliez me découper en lamelles pour mieux m'examiner sous votre microscope! Et maintenant que vous m'avez rattrapé, vous ne pensez qu'à recommencer! Non, non, non et non! Je m'en vais!

Sur ce, je leur tourne le dos et je pars d'un pas décidé. Derrière moi, j'entends:

— Non, Béhat, ne tirez pas sur lui. Il ne faut pas l'abîmer. Nous en aurons besoin pour nos expériences. Attrapons-le, plutôt !

Ouf ! Je l'ai échappé belle ! Mais ils ne mettront pas la main sur moi aussi facilement. Je zigzague entre les petites maisons, tournant subitement à droite ou à gauche. À ce jeu, je suis imbattable. En passant près des fenêtres, je m'aperçois que des lumières s'allument derrière les stores. Puis les portes s'ouvrent.

Alex, Okaïna et une ribambelle d'enfants se précipitent à l'extérieur. En bottes et en pyjamas, les jeunes poussent des sons inarticulés et se mettent à lancer des balles de neige à tous les adultes qu'ils voient, leurs surveillants y compris. Quel chahut! Katarina et Avril ne savent où donner de la tête. Je dirais même que leur tête sert de cible plus souvent qu'autrement. Les attaques sont si précises qu'ils ont bientôt tout le visage recouvert de neige et ne voient plus où ils mettent les pieds.

De son côté, Béhat quitte les lieux en douce. Lorsque je m'en aperçois, je veux faire signe aux jeunes de se lancer à sa poursuite. Jade m'en empêche :

— Non, ce serait trop dangereux, il est armé, ne l'oublie pas. De toute façon, nous avons du renfort. Regarde!

En effet, quatre aéroglisseurs munis de gyrophares s'amènent à toute vitesse. Le gadget de Jade a fonctionné. Apeurés, les enfants se cachent dans les maisons, tandis que les policiers descendent des voitures. Je laisse Jade s'expliquer avec eux pendant que je tente de rassurer les jeunes.

Pourtant, un fait m'étonne. Comment se fait-il que les surveillants ne se soient pas servis de leur télécommande à torture pour contrôler les enfants ?

— C'est grâce au docteur Okaïna, m'explique Alex. Avant d'arriver au village, je lui ai parlé du système de surveillance qu'ils utilisent, c'est-à-dire les bracelets commandés à distance. Elle a tout de suite compris que ça fonctionne à l'aide d'une antenne qui envoie des ondes aux bracelets. Nous avons tout bonnement trouvé le panneau de contrôle de l'antenne et coupé l'alimentation. Pas d'électricité, donc plus de commande ni de torture à distance !

J'aurais dû y penser. En 2062, il suffit d'appuyer sur un bouton pour que tout fonctionne ou s'arrête. Vive les boutons !

10

Mes meilleurs amis

Quel scandale! À la télé, dans les journaux électroniques, dans les magasins et même à l'école, tout le monde ne parle que de cela. En grosses lettres sur les écrans d'informations placés un peu partout en ville, on peut lire le compte rendu des événements :

QUE CACHE DONC L'OMPPSST?
LES RECHERCHES DU PROFESSEUR
BÉHAT ET DE SES ASSISTANTS
SONT-ELLES VRAIMENT BÉNÉFIQUES
À NOTRE CIVILISATION?

Pour ces savants, la révélation de leurs activités louches les a bannis de la société. Ils sèchent en prison. Bien fait pour eux!

Jamais je n'aurais cru que Jade était une personne aussi influente dans le milieu policier. L'autre soir, dès qu'elle s'est nommée et a décliné ses titres d'ex-détective du département des fraudes virtuelles, les agents la regardaient et l'écoutaient avec respect. Elle s'est longuement entretenue avec les enquêteurs et leur a remis toutes les preuves qu'elle avait recueillies dans l'ordinateur de l'OMPPSST. Elle est aussi parvenue à les convaincre de l'innocence d'Okaïna.

Ensuite, un comité spécial s'est penché sur les dégâts que ces savants ont causés. Il fallait bien réparer, c'est-à-dire retrouver les parents des enfants maintenus en captivité dans la vallée Perdue. Grâce aux fiches personnelles sur chaque sourd que l'OMPPSST gardait bien classées, ce fut très facile. Je sais maintenant à qui ressemble Mimi : à sa mère, Okaïna. Et Simon est le fils de mon professeur, monsieur Savard!

Finalement, je crois que je l'aime bien, monsieur Savard. Depuis que son fils vit avec lui, il a persuadé le directeur de l'école qu'il fallait ouvrir des classes bilingues. On y apprendra le français et le langage signé. Ces classes s'adresseront bien sûr à tous les enfants sourds, mais elles seront aussi ouvertes aux entendants qui le désirent. J'ai choisi de m'y inscrire. Plus tard, quand je serai grand, je deviendrai un interprète auprès des sourds.

En attendant, je m'amuse bien avec mes deux nouveaux meilleurs amis : Mimi et Simon. Oh ! Jade et Alex sont encore mes deux meilleurs anciens amis, mais pour ce qui est de jouer au ballon avec eux... ils manquent un peu d'énergie !

Quand j'y songe, je suis bien heureux que cette société accepte enfin que tout le monde ne puisse être parfait. D'ailleurs, la perfection, ça ressemble à quoi ? Au professeur Béhat, peut-être ? Ouache !...

Mais ce que je trouve vraiment bien dans cette histoire, c'est que maintenant plus personne ne rit de moi dans la classe quand je parle de construire un bonhomme de neige !

À venir dans la même série :

Les cachotteries de Robin

Table des chapitres

Susanne Julien

Dans le monde de la littérature de jeunesse, Susanne Julien est une auteure très respectée et très aimée des jeunes lecteurs. Elle a publié plus d'une trentaine de titres dont certains sont devenus des classiques, étudiés dans les écoles et réimprimés année après année. Son jeune héros, Robin, a été créé l'an dernier et il lui plaît tellement qu'elle lui a imaginé de nouvelles aventures. Et elle prévoit lui en faire vivre bien d'autres encore... car le futur est toujours peuplé de mystères. Susanne vit à Montréal, dans l'arrondissement de Lachine.

Collection Papillon